时光暗影

里的皱纹

提云积 著

陕西新华出版传媒集团
太白文艺出版社 · 西安

图书在版编目（CIP）数据

时光暗影里的皱纹 / 提云积著 . -- 西安 : 太白文艺出版社 , 2023.1

ISBN 978-7-5513-2227-0

Ⅰ . ①时… Ⅱ . ①提… Ⅲ . ①散文集—中国—当代 Ⅳ . ① I267

中国版本图书馆 CIP 数据核字 (2022) 第 188491 号

时光暗影里的皱纹
SHIGUANG ANYING LI DE ZHOUWEN

作　　者　提云积
责任编辑　黄　洁
整体设计　悟阅文化
出版发行　陕西新华出版传媒集团
　　　　　太白文艺出版社
经　　销　新华书店
印　　刷　成都市兴雅致印务有限责任公司
开　　本　880mm × 1230mm　1/32
字　　数　150 千字
印　　张　7.5
版　　次　2023 年 1 月第 1 版
印　　次　2023 年 1 月第 1 次印刷
书　　号　ISBN　978-7-5513-2227-0
定　　价　68.00 元

如有印装质量问题，可寄出版社印制部调换
联系电话：029-81206800
出版社地址：西安市曲江新区登高路 1388 号（邮编：710061）
营销中心电话：029-87277748　029-87217872

目录

CONTENTS

春天的念想

引　子

费尔南多·佩索阿在《惶然录》里有这样一句话："有时候，我认为我永远不会离开道拉多雷斯大街了。"写下这句话，对于他来说，就如同永恒的谶言。后来费尔南多究竟有无离开道拉多雷斯大街，《惶然录》里没有说，但我却真真切切地离开了一个小地方。我起初以为自己也不会离开这个小地方，这个小地方寄存了我四十年的风风雨雨，当然也有晴天丽日，我以为我的后半生必将仍旧在这个小地方盘桓。我不奢想永恒，仅存的一点想法就是让我继续拥有这里吧，我的血液，我的泪水，我的所有的所有，都以这里为故土。只是现在在我写下这些文字的时候，我已经离开了这个小地方，现在这个小地方让我开始想念了。

小地方

一些事情开始在脑子里泛滥时，我知道这是想念的开始。我不能压制这种泛滥，其实这些回忆的泛滥是带着一些感情色彩的。

我在这个地方出生，在这个地方成长，然后在这个地方工作。我的前半生都在这个地方行走。我以为我不会离开这个地方了，将在这个地方终老。一个人的时候，更多地是在夜深人静的时候，我会想，我还会离开这个地方吗？这个地方究竟带了怎样的魔力，使我一直走不出她的范围？

我曾经设想过，如果有一天我离开了这个地方，我会不会想念她。我还设计了很多离开她的场景，然后把自己——仅仅是自己——置身在这些离开时的场景里。但有一点，在每个绞尽脑汁设计的场景中，我毫无例外都是离开场景里的主角，有伤痛，有喜乐，但就是没有无动于衷。

这个地方太小，小到我只需稍稍抬脚，不到十分钟的时间，便会进入一个更大的地方。这里的大小本就是地域的概念。在我离开她的时候，小地方竟然在我的心里填塞不下。后来，她慢慢地淹没了我的胸腔，就在眼泪开始充盈眼眶的那一刻，整个世界都消失了，原来，她是我的整个世界。我在这个地方待了四十年，离开她却只需要十分钟。甚至都来不及向她告别，我的背影后便已没有她的任何踪迹。

小地方有多小呢？说几句题外话吧，我想这样你会很容易理解她到底有多小。在小地方有一座山，很多人会想，能成为山是需要一定高度的，山雄伟、大气，傲视平地，俯视人间烟火，然而，小地方的山是被称为土山的，想想看，一座山用一个土字做了定语，这座山会有多大？只不过一个土墩而已。每天清早一打开院门，我就会看到土山，土山就在镇子上，我从村子出发去镇上上班，镇子也是以土山命名的，小地方就叫土山镇，一个建制镇。

土山镇政府驻地就在土山村。土山村是一个行政村，它北依那座小小的土山，也因这座土山而得名。它由两个自然村组成，一个是山上村，一个是山下村。习惯上，我们将山上村称为土山村。作为一个村子来讲，土山村还是很大的，或许是它占据了一个有利的地理位置，所以镇政府驻地才选择了土山村。

围绕着土山村的还有潘家、杨家、西孙家、魏山、北刘、洼子等村，早年几个村子互不连接，也就是近几年，随着人口的增多，城镇建设的加快，几个村子都纷纷向镇子靠拢，土山村占尽天时、地利、人和的优势，其经济发展一直走在全镇的前列，这些外围的村子是想从这里分一杯羹的。几条路把这些村子连在了一起，这些村子也因此有了更多的发展空间。

我每天都走路去上班，从村子到单位有六里路，这个距离我用摩托车专门量过的；步行需要走半个小时，现在这些乡间路都是水泥浇筑的，免除了雨天受泥泞路滑之苦。每天上班我都会早早从家里出发，到单位时还会有十分钟的时间用来打扫卫生，然后就开始一天忙碌的工作。

上班下班的路线需要穿过两个村子，然后才会进入镇上的

第一条街。这条街以前是镇政府所在的街道，也是土山村逢五集日的所在地，是这个镇子最繁华的商业街。因为在它南面有新的府前路作参照，所以现在这条街被叫作后街。镇政府从这条街上搬走的时候，那些与镇政府配套的职能部门也一起搬离，如工商所、税务所等，现在这些部门连同在其他地方办公的一些职能部门，如公安、银行、医院、邮政、电信、电力等，重新开辟了一条新的府前路。新的府前路东西长约三公里，连接了更多的村子，这些村子因为这条新路有了更多的发展机会。现在府前路上商家店铺林立，单从其规模看，却也有着城市的模样。

我工作的单位在南环路上，在我们单位计划从四合院搬离的时候，新的府前路上已经没有好的位置了，只能是再向南，提前在南环路上占据一个有利的位置，等待这里进一步发展。南环路上有几家小型企业，这些企业在我们单位的东面，与东面的工业区相连，已初具规模。如果从东面的264省道下来来到土山镇，最先进入这个工业区，然后从南向北依次是南环路、府前路、后街。

确切地说，我离开这里的时候已经是春天，毕竟节气已经是立春了。从我离开小地方的那刻起，她就在我的心里种下了想念的种子，春天的风刮上几天几夜，萌生的想念的胚芽，带动我的思维。我试着怀念，怀念过去的时光，用以安顿我躁动不已的心，我怕这股泛滥的能量会冲垮我，我必须加以疏导。

办事大厅

办事大厅在镇子上，确切位置是在一座三层小楼的底楼。三层小楼在镇子的南环路上，南环路还只是初具雏形，一些厂房、住宅楼零散地分布在南环路的北面，它们把绿色的田野分割成条块状。三层小楼在南环路的北面，路南还是广袤的田野，一些村庄零零落落地分散在很远很远的地方。小楼有一个院子，院子的西邻是麦地，东边则是一条柏油路。小楼的外墙粉刷了橘黄色的墙漆，在绿色田野的映衬下，还是很醒目的。

在这栋小楼里有我的一个工作位置，有一张桌子、一台电脑。当然，现在说这些已是以前的事情了。我在这栋办公楼里工作了三年半，再以前是在一个小四合院里办公，我在那个四合院里待了十年。在到这个四合院之前，我在一个更大的大院上班，在那个大院里我待了五年。后来工作调整，我就不断地变换着工作环境。办公场所有大有小，时间有长有短，同事有多有少，但是从来没有离开过小地方半步。当同事们走马灯似的离开这个小地方的时候，我就想，什么时候我也离开这个地方。

从大院到四合院，再从四合院到三层小楼，对我而言已经不是地点的变换了，而是一个时间段的更迭过程。一个时间段记录了一段难以忘怀的时光，这些时光都在这些不断变换的场景里重复、粘贴、转折。我承认到今天才离开小地方也有我自身的原因。然而，时间的消隐永逝，一切已经是微不足道了。

办事大厅设置了很多岗位，每个岗位都用一块镀金的塑料牌子醒目地标示出来，方便人们来这里办事，我坐在一块牌子的后面，起初这块牌子还能代表我的工作性质，后来由于业务分工的调整，这块牌子于我已经是形同虚设，只是不知道那些管理者为何还让这块牌子继续放在我的位置上，我已经没有丝毫过问的兴致。在这个大厅将近四年的时光里，都是它在默默地陪伴着我。每天早晨清扫卫生时，我还会用抹布细细地擦抹这块牌子，它的光泽里有我的影子，但我看不清我的面目。在我离开这里的时候，我偷偷地向它挥手告别，它依旧泛着暗淡的黄色的金属颜色。在它这里看不清我挥手作别的影子，我一厢情愿地认为，是它已经模糊了视线，如果它也有感情，会想念我们在一起的日子吗？

太阳很好的时候，光线会沿着大厅前廊的边缘，穿透大厅的玻璃门照射进来，大厅的地面是磨光的大理石，它们将太阳光反射到大厅的吊顶上，大厅会有短暂的辉煌时刻。大厅被一道一米多高的台子隔成两个区域，台子外面摆放了几把吧椅，方便来办事的人安坐歇息，办公桌在台子里面，我坐在办公桌前，每天看着太阳光线的挪移，看着大厅里的光线明明暗暗，看着大厅里的那些花花草草盛衰往复，看着那些来大厅里办事的人来来去去、出出进进。

其实，在说到把大厅隔成两个区域的台子的时候，我就想到了“隔阂”这个词语。想起小时候村子里的供销社，我们一帮孩子站在高高的柜台外面，柜台里面是摆放了商品的货架，还有眼睛长在头顶的售货员。柜台是冷冰冰的土台子，售货员是冷冰冰的面孔，只有那些商品闪着五彩的光诱惑着我们，但它们的光无疑是孤傲的。不知道那些来办事大厅办事的人有没有和我一样的想法，不知道他们有没有把台子里面的我们想象成早年的售货员。我曾自检，在那些老百姓来办事的时候，我有无给他们冷脸色，有无对他们提出的问题存在不耐心答复的举动。好在我知道自己是农人的儿子，我还没有离开土地，我还在土地上行走，我还知道，我每月的薪水里有他们的汗水，甚至于血水。

后来这个小楼的领导者又做了一个决策，在台子与大厅吊顶之间安装了厚厚的玻璃幕墙，玻璃幕墙是无色透明的，它们把办事大厅彻底隔离开来。只在台子与玻璃幕墙之间留了一个大约十五厘米高的通风口，每次人们来办事问询都要努力地低下头，从这里与我们进行交流。我想，我们与他们之间的隔阂是永远不能逾越了，看着是透明的，却是实实在在地隔了一道门，这道门也在我们的心里，他们的心里应该也有。

我的新单位在土山镇的南面，只不过这个镇子更大，在全国都是数得着的大镇，这个地方不像以前的那个小地方只是用一个地理方位——南环路——做标记，新单位的办公楼位于这个镇子的金沙路上。金沙路在这里已经有很多年，全国各地的商户在这里成立北方汉正街以来，金沙路就在这里了。

新单位的办公楼也有一个办事大厅，也有一道台子和几把吧椅，只是没有那道玻璃幕墙，我想这里或许会更“透明”一些。在这个办事大厅里也有我的一张办公桌、一台电脑，现在我就用这台电脑写这些文字，外面是不断传来的喜庆的鞭炮声，今天是阴历的正月初八，是一个吉日，大多的商户都选在这一天开业志庆。今天还是这个镇子的集日。

同事们下乡走访，我值班，有着稍许的安静。

小树林

每次我都错误地认为黑夜是从那片小树林里生发出来的。

每天下午在下班之前有一段空闲时间，我用这段时间来锻炼。出单位的大门，过了宽敞的柏油马路向南有一条田间小路，小路通向一片小树林。树林的面积有五六亩的样子，树木是速生杨，虽然它们在这里出现的时间不长，然而因为是速生的，已经有了大树的模样，枝丫高耸，遮天蔽日。偌大的视力范围内，只有这一片树林，它们现在是被当作经济作物进行栽培的。我不知道，当一种物种失却了上帝创造它们的本意的时候，或者是失却了以它们原始功能存在的价值的时候，是这个物种本身的悲哀还是人类的悲哀。

从单位的大门到这片小树林有一千五百余步，我身高一米七五，步距大约六十厘米，折算下来有九百米左右。每天，我都以这片小树林为终点，跑一个来回，用时十五分钟。这条田间路是“T”字形，小树林与田间路之间被一道沟渠隔开。在我第一程跑到尽头的时候，会越过沟渠到小树林里再活动一下筋骨，我把小树林当作一个天然氧吧，它的安静也是我最喜欢的。

也有例外的时候，我会在树林里找一处干净所在，一个人静静地坐在地上，背靠着树，抬头看天，天在错杂无章的上方透出遥远的蓝，树林外面是绿色的田野，生机暗隐。这种情况一定是我晚上要值夜班的时候，同事们已下班回家，太阳还孤独地挂在西边的天陲，我独自走向小树林，不是平日的跑步，我想慢慢地享受彼时属于我的时间。我可以不用着急回家，一个人，静静地，走向小树林，这里有一个世界，是另外一个世界。那时，这个世界属于我，而我可以在那时完全占有它。

不只我喜欢这片小树林，还有那些在天空中飞过的喜鹊，它们是这片小树林真正的主人。傍晚的时候，喜鹊们会从田野的四围向这里聚拢，它们会先在树林外面的树枝上稍作停留，叽叽喳喳地欢叫，或者是噪鸣，然后才逐渐向树林深处扩散。我承认，我是这片树林的侵入者，在我刚开始到这里的时候，这些喜鹊是把我当作危险因素的，现在我们相安无事，树枝上的高空是属于它们的，地面是属于我的。它们在树枝上安家休憩，我在地面上安静地想自己的心事。

在田野里四处游走的风也会吹进小树林，风把我面前的落叶翻个身，那些隐藏的叶脉，刻满一个季节的密码。从进入夏季开始就不断有树叶凋落，落叶零零落落，地面是阴湿的苔藓，呈现出鲜嫩的绿色。绿色中有少许鹅黄在苔藓上浮动，算是一种点缀，让我悦目。而秋季太过于肃杀，落叶近乎枯黄，它们行过的季节过于饱满，消耗了它们太多的青春，在它们落地的刹那，容颜已老。

天上的太阳从一个树梢跳到另一个树梢，一直保持着下坠的姿态，透射出隐秘的金黄色，是亘古的金黄。树林，以及树林外面的田野，都呈现出一种隐秘的安静状态，当最后那株树的枝丫挂不住太阳的时候，黑夜来临。喜鹊不再聒噪，风也止住了奔跑的脚步，它们也知道黑夜即将到来，深且远的寂静慢慢地踱进小树林。夜带着黑色羽翼，如纱幔包围整个世界。我逃出了小树林，有灯光穿透黑夜的羽翼。

值夜班的第二日清晨，我照例也去小树林，太阳还没有出来，喜鹊早已醒来，白皑皑的水汽在树林里慵懒地漂移，地上的落叶铺满水珠，踏在上面寂静无声。太阳出来，阳光穿透水汽、枝丫，形成五彩的光柱，一地的斑斓，我在斑斓里消隐。

今天我开始想到，那片小树林不但生发了黑夜，也开启了黎明。

大　院

我以前工作的那个单位，大家习惯上称为大院。我第一天到单位报到的时候，老文书就给我说，大院说大也大，说小也小。我听了一头雾水，毫不知晓应该如何领会老文书话里的意思，只是下意识地点点头，没有作声。不作声不等于没有想法，老文书的话时时装在我的脑袋里，空闲的时候便拿出来晾晒，如同晒经般，很虔诚地翻检。毕竟，老文书快一个甲子的年龄了，他吃过的盐比我吃过的米还要多。

当然，我应该介绍一下大院的结构。大院有一条南北走向的甬路，将偌大的一个院子分成东西两部分。甬路是沙土的，平展且开阔，甬路的两边是整齐对排的房子，统一刷了暗红色的墙粉，房子与房子之间是挺拔的白杨树，它们个个都有一合抱粗了。我到这个大院报到是 1987 年的年底，阳历却已经是 1988 年的 2 月份了，春天已经从遥远的南方启程，我那时只有十九岁。老文书给我说，这个院子与这些树都是在 20 世纪 50 年代在这里出现的。说这些话的时候，老文书看向了窗外，窗外的阳光穿过白杨树没有树叶的枝干照射在我和老文书之间的桌子上。那天的阳光很好，桌子上的玻璃把照射进来的阳光反射出去，老文书坐在桌子的西面，反射的阳光在老文书身上形成了耀眼的光晕，老文书后面的墙壁都是明亮的。政府办公室里的火炉红通通的，我感觉到热量源源不断地散射开来，与我内心的热量暗暗地纠缠在一起。

大院共有五排房子，四排是办公用的，最南面的那排作了家属宿舍。房子是一样的房子，只是因为那些门楣上的牌子决定了它们的地位不同，党委办自然是这个镇子最高职权的集中点，一个镇子的中枢神经所在地。

大院是小镇的权力机构，大院的门很宽，开在北面，可不是俗语说的“衙门口向南开”。从大门出去便是大街，大院里的人都称其为后街。后街连接着三个村子，自然形成了一个集贸市场，逢阴历的初五、初十便是集日。一个权力机构隐在后街上，想想也颇具平民色彩。那些赶集的百姓甚至可以把无处寄放的自行车，或是买多了的物品，寄放到大院里来。

80 年代末的机关大院大多是中老年人，年轻人不是很多，都中规中矩的，可以看到二十岁左右的年轻人一脸刻意装出来的严肃相，走路拿着姿势，脚步永远是平稳的。大院人的穿着只有颜色跟面料、质地的差别，不论年老还是年轻，款式是一式的中山装。我来报到的时候穿着市面上比较时兴的夹克衫，夹克衫是母亲亲手做的，母亲从上海的一本时装书上学来的样子。老文书说我的衣服样子不错。

老文书给我讲了一个关于穿着的故事，我当时对故事的真实性表示了怀疑，但没有说出口，只是把怀疑装在了心里。

可是在后来的日子里，又有人在我面前提到这个故事，我才知道这是真实发生过的。曾经有一个女性机关干部穿了一条牛仔裤上班，这是大院里的第一条牛仔裤，那时候大院外面的衣着已经摒弃了蓝黑色，一些比较时髦的服装开始在小镇流行，牛仔装已经是时髦的主流了。女干部成了大院第一个吃螃蟹的人，不想却被螃蟹强有力的螯钳夹住了。在这任党委书记以前的那一任，是把牛仔裤划到奇装异服类的，并深恶痛绝，女干部的牛仔裤无异于在那任党委书记的眼睛里揉进了沙子。党委书记一句“像什么样子”，把女干部刚刚找到的美丽感觉彻底击沉。现在的年轻人闻后不敢越矩半步，想必是那个故事被很多人重复地讲述过，不能穿牛仔裤上班，已经成了不是规则的规则。大院里有很多的规矩，比一些原则性的规章制度还有约束力，它们都是口耳相传的，不一定具有刚性，但每一个人都不愿意去触及它。

我后来不再穿那件夹克衫，我意识到了，这个故事是老文书专门讲给我听的。我换下了夹克衫，每天穿着蓝色的学生装，三个兜的，没有中山装的刻板。老文书曾经笑眯眯地问我怎么不穿那件好看的衣服了。我是如何回答的，现在已经忘却，或许我当时根本就没有回答，我能怎么回答呢？这样的问题即使放到现在，我也不会回答，因为在现在这也是根本不成问题的。当时老文书的笑里可否有“孺子可教”的欣慰？

我的工作是专职打字员，空余的时候协助交通员做一些勤杂工作。这样的工作因为是与领导干部直接接触的，所以就对我们的能力要求比较高。比如，要有眼色，要勤快，要嘴勤。嘴勤是不管与谁见面都要主动打招呼问好，嘴勤不代表就可以乱说，这一点是最忌讳的，必要的时候不能说，知道的东西要装在肚子里，让它自生自灭。这样的要求对我以后的工作经历影响很大，现在想，那时候的政府机关就是一所学校，我在那里学到了很多处世的道理。

在政府办公室的里间有一台双鸽牌打字机，我记得很清楚是上海产的，键盘上是密密麻麻的汉字，熠熠地发着冷银色的光泽，我需要把这些汉字的位置装到脑子里，然后再用打字机把一些文字材料敲成直观的，甚至是美观的书面材料。在我到这个房间坐在打字机之前，曾经有一个年轻人坐在这里，我来的时候，他已经被辞退了。

“原因很简单，”老文书说，“半个月的时间还没有学会打会议通知，一个会议通知就那么固定的几句话，顶多有七十个汉字。”

老文书说话的时候一直保持着笑脸，很慈祥地看着我，但我分明感觉到了压力。那刻我曾经想过退缩，在我见到键盘的时候又有了退缩之意。交通员与我是同龄人，也是从打字员做起的，他看到了我的恐慌，只是叮嘱我不要着急，慢慢来，不知道字的位置可以问他，然后我才下定决心在打字机前的凳子上坐下来。

很快我就在键盘上找出了规律，键盘的文字都是根据文字的偏旁部首排列的，这样在打字的时候，只要拉动打字机的撳字拉杆就会很快找到需要的文字，前前任打字员——也就是现在做交通员的那位同龄人，在键盘上把打印会议通知需要的文字专门设置了一个区域，作为政府公文的形式之一，会议通知是很多的，有时候一天内需打印两个或两个以上的会议通知。这一点不得不承认前前任打字员很聪明，后来的时间及事实证明，他确实聪明。他从打字员做起，一步一个脚印，现在做到了一个乡镇的党委副书记。

那天下午快下班的时候，老文书拿着一个会议通知进来，要我打印出来。我在打字机的滚筒上安装好打印蜡纸，蜡纸我记得是上海产的双圈牌的，这个牌子的蜡纸我用了两年，也就在我任打字员期间，那时候上海的产品代表着高质量与新潮。我很快将会议通知打出来，在我搬出油印机准备印刷的时候，老文书制止了我，他戴上老花镜仔仔细细地看了一遍我的工作成果，确认没有差错后，他拿着蜡纸出了政府办公室的门，我不解他这是何意。不长时间，我从政府办公室门上的玻璃上看到老文书回来了，我看到他走路都是轻快的。回来后的老文书还是微笑着，说不用印了，会议取消了，下班吃饭。

一直到我离开大院跟朋友说起这段工作经历时，才突然明白，那是我进到这所大院的第一次考试。老文书匆匆离开，是拿着我一天的学习成果去让一个关乎我今后命运的人给我打分的，我的考试成绩及格。后来我在这个大院经历了无数次的考试，成绩都是及格，没有预想的优秀，所以我一直安于做一个小职员。我从大院离开后，有很多人跟我说，老文书在他们面前说，我是他领导过的打字员和交通员里最聪明的一个。我不知道老文书为何要这样说，毕竟，一个从事行政工作的人的成功与否，其职务最能说明问题。我很想当面听一听老文书对我使用“聪明”一词的解释，但是在老文书从那个小镇搬走后，我再没有见过他，所以这个谜一直埋在我的心里。

第二天清晨，我正在打扫办公室的卫生，党委书记来了。我是从各种会议留存的照片上认识他的，我也记住了党委书记的笑脸，他的眼睛几乎眯成了一道缝，但有光在眼缝里闪烁。后来我还从他这里知道了“小眼睛聚光”的话，当时他是作为笑话说的，但我一直不敢当作笑话听。现在我也是这样的想法，不管是何种的笑话，我从不敢真把它们当笑话听，它们的存在都暗藏玄机，等着人们把它们深藏的理趣挖掘出来，这个习惯我一直保持到现在。

毫无疑问，老文书于我是慈父般的，我那时尚年轻，他是把我当作自己的孩子来看待的，还有老文书的家属——一个腰腿不好的大娘也如此。大娘很健谈，也很开朗，每次我去老文书家都会拿出各色好吃的东西招待我，我那时已经搬到党委办公室了。

春节前的时间是忙碌且充实的，并充满了喜庆。春节忙完后，我就离开了政府办公室，党委办公室需要一个长期的值班人员，党委秘书撰写的各种会议材料、各类报告都需要及时打印出来，我是不二人选。正月十七，我带着那架双鸽牌的打字机搬到了党委办公室的里间，我在这个房间待了将近两年，直到我接替前任交通员的工作又离开这里重新回到政府办公室。

我那时很瘦，一直在想如何能使自己胖起来，并且还就这个问题去请教过医生。现在我胖了，又去请教医生该如何减肥，如何控制体重、饮食，以及如何降低血压。但那时我对长胖是充满了期待的。食堂做饭的师傅就很胖，个子不高，也就是一米六五的身高，他告诉我想胖就要多吃。听了他的话，我曾经跟团委书记比赛吃，我吃过两个大馒头，团委书记比我多吃半个，一个馒头是四两，我吃了八两，团委书记吃了一斤，饭后我俩在后街上靠长时间的散步来消化这些食物。党委书记也很胖，他告诉我，想要胖不怕烫。这句话是他在他家的饭桌上说给我的，他家里包饺子，吃饺子时，我们都还在嫌饺子太热，他已经吃掉一碗了。后来我的吃饭习惯可能受了他太多的影响，吃饭快，不怕烫，别人还在细嚼慢咽的时候，我已经结束战斗，并且吃得不比他们少。

说到吃，就应该专门说说大院最南面的这一排家属宿舍。党委书记、镇长、纪检书记、副镇长、秘书、老文书都在这里住着。家属宿舍的门开在南面，如果要到大院来，需要从外面绕很大一个圈子。为了便利，每家堂屋的后窗根都放了一个水泥做的空心砖。打开后窗，踩着空心砖踏上后窗台，正屋的地面上放置着一个木凳，跨过窗台踩着木凳就会进到这家的正屋。大家都是爬后窗，党委书记也不例外。政工书记的家属没有来，自己住单身宿舍，他几乎吃遍了这些人家，并且还总结出了一些家属擅长的美食。党委书记家做的炸面鱼跟小豆腐是最好的，镇长家做的炸鱼是最好的，秘书家做的萝卜丝子下面条是最好的，副镇长家做的饺子是最好的，老文书家做的豆面饼子和玉米稀粥是最好的。政工书记从不跟那些家属提前说要去吃饭，都是吃午饭的时候，他就从后窗上爬过去，直接坐到谁家饭桌前，有啥吃啥。星期天的时候，有时不能回家，我和交通员也曾经踩着这些空心砖去人家家里蹭饭，我感觉党委书记家的饺子跟副镇长家的饺子有一拼，这可能与我特别爱吃饺子有关系吧。在副镇长家吃饺子，他家属是把我们当作客人招待的，极尽热情，每次都会说，再拨些，再拨些。在党委书记家吃饺子，他家属都是看到我们碗里快空的时候，已经用公筷给我们的碗里夹满饺子，直到肚子实在装不下为止。

每个家庭都有小孩子，党委书记家有两个女儿，还有一个寄居的外甥。现在我仍记得她们的乳名，两个女孩的名字用她们的排行加了一个单字，大家都是这样称呼她们：大杰、小杰，只是不知道女孩子为何会用这样男性化的名字。大杰是一个内向的女孩，很腼腆，早慧且内心坚强，不太爱说话，一切都在她的行动里凸显出来。党委书记调到城里为官的时候，她选择了留下，那时她要升初二了，家人问她原因，她不说。问到后来，说，我写给你们吧，再没有太多的言语。那封信她确实写了，我也从别人那里听到了大致的内容，只是别人在说起这件事情的时候，是带着嬉笑成分的。那天搬家，我因了别的事情去得比较晚，来党委书记家里帮忙的众人已经走了，屋子一片狼藉，只有大杰拿了一把笤帚在打扫空荡荡的三间屋子。我记住了她的表情，她手中拿着笤帚站在一片狼藉里，嘴巴噘着，抬眼看看我，然后快速地低下头去，我感觉到了她的孤独。时隔十六年后，我收到了她的结婚喜帖，但我没有去，我想到了那个场景，还忆起了她当时的孤独。

小杰比较泼辣，是与“杰”这个汉字很配的一个女孩。记得她有一个外号的，叫作“响铃”，说话清脆，是三个孩子里的一个小尾巴，也是大人的传话筒。她已经学会要挟别人，如果别人不怎么做，就去告妈妈；或者是别人要怎么样，要去告爸爸之类的，这样的要挟都是以她的意志为转移的，别人只能服从，好在另两个大孩子都由着她，不跟她过多计较。

晓东是寄居的外甥的名字，这个男孩子像他的名字一样的普通，他是在东北虎林出生的，说话一直是东北口音。三个孩子里数他最大，两个妹妹做了他忠实的“跟屁虫”。晓东给别人的印象是很闹腾的，平日里我与他接触比较多，却感觉他比别的孩子显得更乖巧一些，只是我不知道晓东的乖巧是不是缘于他的寄居生活。放学后或者是周日，他都会到党委办公室里来，静静地坐在办公桌前翻看报纸，有时候我也会问他在东北时的一些生活状况，我从他的叙述语气里感觉到了他的孤寂和思念。更多的时候是他带着两个妹妹一起来，这些事情不能被家里的大人知道，他们把我看作了一个大哥哥。

时间总是前进的，一直保持着沉稳的姿态，波澜不惊。我在时间的不断前进里静等着试用期的结束。已经是初春了，白杨树的枝干透出绿意，它们被一层白色的绒膜包藏着，芽蕾开始吐絮。只要晚上不学习，每天下午下班后，中年人都回了自己的小家，大院几乎是年轻人的天下，每周三次枯燥的政治学习已经把大脑神经抻到最大限度，年轻人开始学着找一些喜乐的事情打发难挨的黑夜。何况已经是春天了，春天让年轻人开始闹腾，但这种闹腾是要偷偷进行的。

躲过带班领导的眼睛，窗户用床单遮住，几个年轻人凑在一起玩扑克，彩头是不敢带的，偷着玩牌已经充满了紧张和刺激。我就在那时候学会了打“够级”，四副扑克牌放到一起，六个小伙子直打到雄鸡啼鸣，黎明开启，才揉着惺忪的眼睛开始第二天忙碌的工作。也有时候，牌局到了紧要关头，每个人都忘记了这是在偷偷进行的游戏，看打牌的比打牌的还要紧张，一些顾忌早已被兴奋的喊叫取代。灯光能用床单遮住，兴奋的喊叫是挡不住的。有一次，我们被临时巡夜的党委书记捉住，要求人人写检查，一个个低眉顺眼地在机关干部会上念检查，思想认识要多深刻就有多深刻。我低着的头不时从几页纸上溜到坐在台子下第一排的座椅上，看看党委书记脸部的表情变化，我看到其他干部都面带笑容，像在看一场喜剧，或许他们是看到了自己年轻时的影子吧。

当大院那些白杨树脱掉花絮开始绽露叶子的时候，三个月的实习期很快结束了，我被留用了，时间是阳历的五月开端，春末夏初的时节，一切都在充满生机的期待里开始，我也在这些期待里学着长大。

两年后政府搬迁，在小镇的南面建了新的政府办公楼，我随之离开了大院。大院留在原地，转让给了一家村办企业。

在大院的两年间，我品尝了青涩的爱；体会到了母亲第一次心脏手术时内心的痛，还有自己肢体受伤的痛。但我还是感觉那段时光是幸福的，单纯、忙碌又充实。

大院时光让我难忘，或许我难忘的是大院寄存的我的那些青葱岁月，这些时光是七彩的。

算下来，我离开大院已有三十年了。

穿越时光河流的蝉鸣

一

小时候我是非常愚笨的，当然，现在也没有变得聪明。原因之一可能是幼时知了猴吃得太多吧。知了猴行动迟缓，在孩童的眼里是愚钝的。小学时，班上一位同学就曾经获得过这样一个外号。

到了夏天晚上，我们几个小孩子总爱跟随大人们到村南的树林里找知了猴。那时候根本就没有手电筒，恍恍惚惚中看到一棵树的影子，就用手在树干上自上而下地搜寻。

有时候，大人们会抱来柴草，用火点燃，栖息在树上的知了会鸣唱着投向熊熊的火焰，火熄了便会在灰烬中找到炙烤得喷香的知了。

一边吃着美味的知了，大人们一边逗我，先有知了猴还是先有知了。“先有知了猴后有知了。”因为大人们告诉我说，知了是知了猴变的。“没有知了下子，知了猴是从哪里来的？”“知了猴是从土里出来的!”“小笨蛋。”大人们会在我的后脑勺上轻拍一下以示惩罚。“那就是先有知了后有知了猴。”“知了是从哪里来的?”哎呀!大人们的问题好难啊。

现在，如果能让我回到童年时光，我会给大人们提一个类似的问题：先有鸡还是先有蛋？看大人们的窘境是否能和我童年时的天真无邪相媲美。但我永远不可能回到童年时光了，你也不能，他也不能，大人们更不能。

二

很怀念姥姥家的那个院子。姥姥家的院子是三进的，最南面的院子不但大，而且种了好多树。种得最多的是梧桐树。夏天，梧桐树茂密的树冠荫庇了整个院子，白天走进去，也是凉飕飕的；在南墙根下有一棵桃树、一棵杏树；顺着院子的东墙种了一排柳树，有十几棵的样子。夏天，这里不仅是我的乐园，更是知了的乐园。

比较起来，我是更喜欢知了猴的。知了猴憨态十足，行动迟缓易捉，并且肉也多，不像知了身披羽翼，一丁点的风吹草动，便会飞得无影无踪，其黑黑的坚硬的外壳更让我的口腔感觉大打折扣。戏耍是孩童的天性，知了猴首先是我的玩物，然后才是腹中餐。及至成人后，曾经在一个午夜，身体不断感受着热浪的侵袭，耳听着窗外不时传来的不愿安歇的知了的鸣唱，梦境使我游离在虚幻中，另一个自己给我提了一个难题：你是知了还是知了猴？就是这样一个简单的问题，问了我好多年，现在也没有答案。

童年的经历给我以后的成长注入了太多的思维定式。做知了猴，要受人们的愚弄，最终还是人们用以饱腹的食物；做知了，会因为外界的利诱而放弃了生命，譬如那把在树林里燃起来的篝火。

好在，我的童年时光，是没有如此多的疑问的。在寻找知了猴的过程中能享受到快乐才是最重要的。

最渴望星期天的到来，母亲会允诺我到姥姥家去的，姥姥家那个院子便是我的天堂。天堂是我从大人们的嘴里听说的，你看，我小时候是一个多么听话的孩子。大人们说到天堂时，是用一种很向往的眼神看着远方的。“楼上楼下，电灯电话。”大人们为天堂勾勒出了最原始的形态。现在我们是生活在天堂里了，但在曾经的过去，这一切是可望而不可即的，谁都不会想到时间过去几十年之后，自己会真真切切地生活在自己所描述的天堂里。当然，现在我们又成了孩子眼里的大人，但我们给未来又下了怎样的定义呢？只是不知道，知了猴与知了向往的天堂是什么样子的。

说实话，我曾经想做一个知了的。姥姥说，知了不用吃饭，只喝一点露水就可以维持生命。最重要的一点，知了还可以飞。我有一颗不安分的心，自小开始，总希望到远离尘世人烟的地方去，一双翅膀可以带我到人间少有的清静之地。我用面筋在那个属于我的院子里粘过知了的，整个夏天我都乐此不疲，看着知了与面筋纠缠不休，想象着缺少肉末的餐桌上终于可以看到荤菜，就让我激动不已。

曾经想过让那些在我的面筋上失去生命的知了饶恕我对它们犯下的过错，有时也会想，如果知了没有那双羽翼，我的带有面筋的竹竿该伸向知了的哪个部位？我试验过的，面筋粘不住知了身体的其他部位。地球上的生命都在不断地进化，不知道知了会把羽翼进化掉吗？羽翼可以使知了飞翔，也可以使知了殒命。因此，知了的翅膀既让我羡慕，又使我恐慌。

我的思维方式萌芽于一个小小的院落，所以我的成长总是受了一些限制。有时候会想，我现在所处的环境是否如知了猴在黑沉沉的地底下般：四处是坚实的泥土，只有不断地向上才有一条出路，而这条出路的尽头，不全是连着可以舒展自己身躯的高树。等待它们的，有时是一张顽童兴奋的脸，有时是一根引诱上钩的枯树枝，有时会是一个癞蛤蟆贪婪的大嘴。而这些不同的选择，有时就可能引领知了猴走向了死路。但它还必须向上，只有向上，才有可能爬到那棵高树下，虽然成功率极低，也可能为零，但知了猴没有其他的选择。

在我逐渐长大，走出姥姥家的那个院子时，我才知道，院子外有一个更大更广的“院子”在等着我。这个“院子”不但有树，还有一些蛊惑人心的东西在诱惑着我，我能做的，就是怎样去规避那些诱惑。

那个院子在姥爷去世后就拆除了，姥姥说她自己住着一个大院太空，有些怕。我在想，姥姥怕什么呢？这是她自己的家呀。只是不知道那些知了猴、知了到哪里去了。

三

李白说："今人不见古时月，今月曾经照古人。"刘希夷说："年年岁岁花相似，岁岁年年人不同。"

很想做一只虞世南笔下的蝉。在我的枕边放着一本《唐诗三百首鉴赏辞典》，开篇便是虞世南的《蝉》："垂緌饮清露，流响出疏桐。居高声自远，非是藉秋风。"

一首诗里，我看见了两个字：清高。我猜想，这首诗的诞生不可能是在炎热的夏天。不用深刻领会字面意思，我们也应能想象得到。虞世南此诗应该是作于秋季，一个爽爽朗朗的秋季。四季中，也只有秋季可以独享"清高"这个词眼，春天暧昧、夏天燥热，冬天酷寒。文人与秋季是有很多的关联的。一壶清茶、一炉清香、一曲清音，耳畔蝉鸣，虞世南信手挥毫，一枝疏桐，阴卧清蝉，一切跃然纸上。因为虞世南的清高，蝉也得到了升华。

朝代的更迭，并没有影响虞世南将自己的清高发挥得淋漓尽致，在前朝臣员纷纷获罪时，独独虞世南获唐朝圣君的重用。唐太宗屡次称赏虞世南有出世之才，遂兼五绝。一曰忠说，二曰友悌，三曰博文，四曰辞藻，五曰书翰。并赞叹："群臣皆如虞世南，天下何忧不理！"

由此可见，虞世南没有理由不清高，文人的清高在虞世南这里得到了彻底的释放。可以说，虞世南的清高"前无古人，后无来者"。

骆宾王就没有虞世南幸运了，骆宾王也想清高，但没有那个环境，最终，他也只能是在牢狱里感兴了。秋天蝉声不断，引起了身陷囹圄的诗人的无限愁思。“西陆蝉声唱，南冠客思深。那堪玄鬓影，来对白头吟。露重飞难进，风多响亦沉，无人信高洁，谁为表予心？”写出了自己政治上的不得意和环境给予自己的压力。

现在，令我们感同身受的是骆宾王所处的境地。这样想时，一个词在脑子里浮现：画地为牢。这样的牢狱太多，有别人给你画的，也有自己给自己画的。

我不赞成自己画地为牢，那样会有与世隔绝之嫌。适时地说出你的心声，依照自己的想法，走出属于自己的路，这就足够了。毕竟，苦难与幸运、清高与低俗都是过眼云烟，你根本抓不住半点。

当然，牢骚可以有一点，但不要太过。“佼佼者易折”，这样的道理，李商隐比我们明白得多。“本以高难饱，徒劳恨费声。五更疏欲断，一树碧无情。薄宦梗犹泛，故园芜已平。烦君最相警，我亦举家清。”李商隐比任何人都明智。

古人的智慧摆在那里，我们可以任意取用，使自己免除重蹈覆辙的厄运，所以我们是幸运的。至此，免不了发一声感叹，李白与刘希夷的话真是哲理啊！

四

终于进入了秋季，暑热渐渐退去，聒噪的蝉声，也渐渐低沉了下来。

现在，窗外的景色不再笼罩在暑季的燠热里，关掉空调，推开窗户，却惊飞了栖在窗外树上的一只鸣蝉。过去的夏季，蝉们在这棵树上走马灯似的来来去去，作为邻居，我们相安无事。

想起一件事，朋友来访，说起美食，曾提到过用蝉脊背上的精肉包的饺子是人间难得的美味。说者无心，听者有意，我想何时蝉不再是清高、苦难、愤懑的化身，而被用以满足人类饱腹的口欲，我不由得为那些无端丧失生命的蝉们悲哀！

这个世界是我们人类的，也是那些弱小生命的。

穿越时光的河流，请让那伴随我们童年记忆的蝉鸣永久回响在我们的耳畔！

和母亲有关的痛

我感觉到不适，却不知道这种不适在我身体的哪个部位，我握方向盘的手好像也感觉到了这种不适，软绵绵的没有力气。不适中掺杂着一种痛感，这种痛感好像是在很远的地方向我的身体发力，从头顶开始灌入，停顿片刻，然后快速地从脚跟消失。这种掺杂着痛感的不适我从来没有经历过，我不知道它来自哪里，又去向何处。

我放慢车速，稳稳心神，努力在驾驶座位上抻了抻身体。我和坐在后面座位上的二姨说："我感觉难受，不舒服。""你是熬夜累的。"二姨说。此时我的手机响了，接起来是三姨的电话，"到哪里了？"三姨说话的语气永远是平平稳稳的。"到城根了。""噢。""你在哪里？""我刚到医院，正在病房里，路上慢点开，注意安全。"三姨叮嘱我一句。关了手机，我复专心开车，刚才的那种不适已经彻底消失。

到医院病房楼前停车，三姨又来了电话，"到什么地方了？""我在楼下停车。""快点上来，越快越好！"三姨说话明显带了哭声，已经不是刚才说话的语气。我的心骤然一紧，停好车，也不等电梯，直接就从安全通道向五楼的病房跑。

母亲住在五楼的二十三床，五楼是心内科住院部，十四个病房。从2007年春天开始，母亲因为右心衰开始住院治疗，到今天为止，差不多在每个病房都住过，每一张病床都躺过。

我对现在的医疗技术充满信心，我曾经给母亲说过，我要努力让她活过七十岁。母亲微笑着和我说，一切都是命，她努力活。说这话的时候，是母亲做完第一次心脏手术后。母亲是风湿性心脏病，1990年2月8日，在今天的齐鲁医院做了第一次开胸手术，把已经病变不能继续工作的二尖瓣割掉，置换了机械瓣膜。

对于母亲的病，在做手术之前，我没有一个具象的概念，不知道母亲患的是何种病。从我开始有记忆以来，家里就有一个黑色陶罐，有时候陶罐会连续几天在煤油炉子上冒着白色烟雾，一股浓烈的说不出的味道飘出屋子，在院子里飘来荡去。那个黑陶罐一直是沉默的，除非里面的水沸腾起来，才有一些声音，我感觉那声音是一种莫名的呻吟，好像里面充满了痛苦一样。我看到母亲从陶罐里倒出一些暗褐色的液体，稍待冷却，母亲皱着眉头，一口气喝下去，就急匆匆地往生产队跑，抢着去挣几个工分。晚上回到家，母亲就会用浸泡了柳树枝的水泡脚，我亲眼看到母亲的双腿红肿，皮肤发亮，我想母亲一定很痛，但我没有听到过母亲的呻吟。

我曾经幼稚地认为，是那个黑陶罐给母亲带来了病痛，如果把那个黑陶罐打碎，扔得远远的，让它从这个家里彻底地消失，母亲不再喝那些暗褐色的液体，说不定母亲的身体会好起来。我把这个想法真的实践过，母亲并没有因为我的幼稚责骂我，很快家里又出现了一个黑色的陶罐。

除非万不得已，谁也不愿意进医院的门。出手术室的时候，母亲躺在移动病床上，身上插满了各种管子，管子里滴着不同颜色的液体。还有一些红红绿绿的线，从母亲的身体上引出来，连接着一些我不知道名字的仪器，那些仪器闪着不同的光，显示着各种曲线和数值。母亲紧闭着双眼，脸色苍白。医生、护士很快把母亲推进了重症监护室，我想跟进去，护士把我挡在了门外。我那时不知道手术成功并不一定意味着这个人就能活下去，后面还需要一个观察期，平稳地出了观察期才能说明手术是成功的。但是母亲能活着从手术室里推出来，我就以为母亲已经没有问题，可以跟着我们回家很好地生活了。对于母亲究竟经受了多大的痛苦，我不敢想象，我也没有问过母亲。那时，我只沉浸在母亲手术成功的喜悦里。

不管是何种痛苦，所有经历过的人都不想经历第二次。但是，母亲却再次经历。第一次手术后的十四年间，我想尽了各种办法去维持母亲的生命，尽量不让她出现丝毫的意外。机械瓣膜磨损严重，这不是我的能力能够避免的，2004 年 4 月 8 日，母亲又进行了第二次开胸手术，置换了三个心脏瓣膜，这次手术冒了很大的风险，二尖瓣需要拆除重新安装，主动脉瓣、三尖瓣都要切除后安装人工瓣膜。

对于第一次手术经受的痛苦，母亲从没有在我面前说起过，我也没有问。我不能忘记的是第二次手术前母亲给我说的一句话，母亲说她不愿意再遭那些罪，还不如让她这样走掉好。我没有答应，母亲只能听从我的安排。这次手术，我真真切切地感受到了母亲的痛苦，毕竟，母亲已是六十二岁的老人了，不能与十四年前的身体状况相提并论。

早上八点，母亲进入手术室。我就在手术室的门外坐着等。时间逐渐推移到下午，其他的手术病人陆陆续续地出来了，这时我开始紧张起来，不断地在手术室门前走来走去。透过手术室门的玻璃向里面张望，我什么也看不到，里面的隔离门死死地关着。我开始不停地向值班护士探问里面的手术进展情况，护士告诉我，已经开始灌注血液了。再问其他的情况，护士也不知道，我推算着灌注时间，推算着缝合时间，推算着电击时间。时间一点点地流逝，我的心一点点地提起来。突然，我看到心外教授推开了隔离门，手里端着一个白色的小托盘出来了。那一刻，我害怕了，我离开了手术室的门前，远远地站着，看着心外教授推开了手术室门，叫着我的名字寻找我，我才迟迟疑疑地走过去，教授给我说了令我这辈子都忘不掉的话："小提，上帝保佑你，你母亲手术成功了！"

进入重症监护室的第五天早晨，心外教授告诉我，母亲的各项指标已经趋于稳定，可以撤下呼吸机，让母亲自主呼吸了。我知道母亲度过了危险期，又可以跟我回家，可以安享晚年了。

傍晚的时候，重症监护室忽然紧张起来，医师护士忙忙碌碌地出出进进，心外的教授来了，胸外的教授也来了。住院医师跟我说，因为母亲的血氧饱和度不到百分之八十，母亲出现了昏迷状况，现在教授们正全力抢救，不排除切开气管进行插管，但这样，也不能保证母亲的生命会获得救治。

住院医师给我找来了无菌服，带我进了重症监护室。这是母亲手术后我第一次看到母亲。好像是有了某种感应，已经进入昏睡状态的母亲竟然醒了过来，看到我还微微地笑了。教授们看到了一线希望，换了药物继续救治，我就守在母亲的病床边，不停地给她说话，母亲双眼直直地看着我，眼里满含疼爱与不舍。

在监护室，我第一次看到了划过母亲胸口的刀痕。医师来给母亲换药，并没有避讳我的存在，把盖住母亲的被单掀开，母亲的胸前插满了各种管子。母亲的第一次手术，我还不知道这些管子的用处，而这次手术，我已能很轻松地明确这些管子是做什么用的，以及这些仪器显示的各种曲线和数值代表了何种生命体征。

但有一点，我永远不能明白，母亲没有在我面前呻吟一声。我站在病床的另一侧，看到医师揭开敷在母亲胸前的纱布，刀口清晰地横在我的面前。真的，刀口就是横的，从母亲上腹部的中段开始，一直到母亲胸膛的上缘，目测有三十厘米的样子，医师小心地给母亲的伤口消毒，我看到医师的额头渗出细密的汗珠。我那时就想问母亲，痛不痛，然而我没有问出口，感觉有东西堵在我的胸口，几乎令我窒息。可母亲不但没有呻吟，而且竟然都没有皱一下眉。

我知道一句话，人不能与命抗争，人也抗争不过命。就像母亲和我说的，一切都是命。我以为，母亲的第二次手术最少也能让母亲再活十年，那样，我对母亲的承诺就会实现。可是，母亲真的是老了，第二次手术不过两年，母亲的生命体征急剧下降，右心衰引发了多脏器衰竭，必须住院治疗。

2007年的春节刚过完，我就不断地带着母亲在医院和家之间奔波。晚上彻夜地护理，白天回单位继续上班，我好似一个陀螺般，不停地转，仿佛只要有一点点力气，就可以永远转下去。随着母亲病情的不断恶化，我降低了标准，我给母亲说，努力让她活过六十八岁，母亲还是那句不变的话，一切都是命，她要努力活着。

右心衰导致的结果是进入静脉的血液不能回到心脏去，只能在心脏的下路血管和脏器里淤积，瘀血肝导致血氨升高，出现肝昏迷，然后就是肾衰竭，出现尿毒症症状。在这些血管和器官不能承受淤积的血液时，静脉血管开始爆裂，慢慢地向腹腔漏血。母亲就不断地昏迷，不断地住院。出院也许不到一天，就会再发作，然后再去住院。

主任医师给我说，病人经受着很大的痛苦，如果离去，是对病人的最好解脱。我没有答应。主任医师是一位老太太，她看着我说，你不能以你不合现实的想法来左右你母亲的生命，这样的生命没有丝毫的质量，放弃吧，对你母亲和你们家人都是一个解脱。我也曾考虑过，我这样做是否太自私，然而，如果现在选择放弃，我的那个承诺，那个让母亲活过六十八岁的承诺就是一个幻影，第一个承诺已经失败，我要抓住这最后的承诺。

主任医师很无奈，告诉我说："我们会尽全力的！"老太太还给我说，以前医院也收治过这种病人，病人都受不了痛苦的折磨，每天呻吟不断，即使睡觉时，也是在呻吟着的，你母亲却没有，这很奇怪。

我不奇怪，母亲对于病痛已经习惯了，多年的病痛，使她的痛感神经已经彻底麻木了。我还记得第二次手术出监护室时，我问母亲，刀口还痛吗？母亲和我说，她早已经忘记了什么是痛，也忘记了什么是不痛。我却感到了痛，是那种从心里生出来的痛，痛彻心扉。

夜晚照例是我陪床，白天老父亲在，晚上就是我。给母亲做了全身按摩，把身子用温水擦过一遍，母亲很安逸地睡着了。住院已经二十多天了，母亲一时清醒，一时昏迷，这次昏迷已经有九天了。每晚的护理程序走一遍，就会到下半夜。下午下班来的时候，主任医师给我说，这次比以往任何一次都严重，以前用过药后，最多三天就会醒过来，这次都九天了，你要有心理准备。我不置可否，感觉母亲不会有事情。可能真的是累了，我昏沉沉地睡过去了。然而，一丝呻吟清清楚楚地传进了我的耳朵，我以为是在梦里，但声音再次响起，我惊醒了。是母亲，是母亲在呻吟，我感觉到了恐惧。找来值班护士看过后，我急匆匆地给主任医师打电话，时间已经是清晨六点多钟。主任急匆匆地来了，一番检查过后，神情严肃地告诉我，现在，你母亲的肺部也衰竭了，回家吧，也许还能来得及。我想说点什么，老太太把我拦住了，听我的，现在回家还来得及。

我回单位开车，单纯地以为母亲能等我回来把她接回家。

每次都是我开车送母亲去住院，也都是我开车去接母亲出院回家。我想这一次也会是这样，就像是一个程序，不会改变。在这之前，父亲给我说，白天的时候，母亲曾经清醒过一会儿，央求父亲带她回家。母亲给父亲说，家里高门大屋，多亮堂，比在医院住着好，还有，家里的火炕躺着也比医院的病床舒坦。父亲说出这些话时，我没有给父亲一个回答。

等我跑到五楼，病房前围满了人，医生、护士都在母亲的病床前进行抢救，我冲了进去。主任医师把我叫到一边说，他们抢救了二十多分钟了，已经尽了全力，医院里最好的心内医师都在这里，接受现实吧。没有其他的办法了？我追问道。没有了！医生、护士都看着我，我点点头。我那时已经没有了思维，一点思维也没有了。

我不知道是如何跪在母亲的病床前的，双手紧紧地攥住母亲的手，想把母亲拉住，不让她离开这个世界。母亲的手还是温暖的，这是母亲给我留下的最后一点体温了。我给母亲说着我的承诺，我对不起母亲。母亲的嘴微张着，好像要说劝解我的话。

我决心把母亲接回家，让她回自己的家，她的家有高门大屋，她的家有躺着舒坦的火炕。父亲什么也没有说，父亲都听我的安排。父亲知道我们这里的习俗，在外咽气的人不能回家，我也知道，但我决心这么做，我不想让母亲在外面走，我已经对不起她，这次我要听母亲的话。

这次是一个例外。这个例外让我受痛一生，我没有亲自开车把母亲好好地接回家。找人开着单位的车在前面引路，我租了一辆车带着我的母亲，我坐在母亲的身边，双手紧紧地攥住母亲的手，就像是小时候，我跟着母亲到陌生的地方去，担心与母亲走散了一样。不知道这一次，我有没有走散，我还能不能回到母亲的身边。

把母亲安葬后，三姨给我说，她第一次给我打电话时，母亲就已经不行了，怕我开车出意外，就没有告诉我，只是问我到了哪里。我惊呆了，我想到了那次不适，在三姨给我打电话之前的那次不适，那种掺杂着痛感的不适。那是母亲在向我告别，那种从未体验过的痛，竟然隐藏了如此玄机。

我想问母亲，在她挣脱这个世界的时候，儿子感到了痛，不知道和她当年生下儿子时的痛是否一样？母亲，你能告诉我吗？假若有来生，那种痛，我不愿再与它相遇。

母亲离开的那天是2008年5月16日，享年六十六岁。

在城市

城市自然是别人的城市。

我属于乡村，并永远属于乡村。

——题记

城市自然不是陌生的。

城市有高楼大厦，有七彩霓虹，在我小的时候大人们就在耳边反反复复地唠叨不休。在大人的心里，城市是人间仙境，是令人艳羡的。城市里有大米白面，城市里没有曝晒的太阳，城市里有冰镇汽水。说到城市，大人的眼里总会有一种异样的神采，幼时的我并不理解大人眼睛里异样的神采，我从大人们的语气中感觉城市是在天上的。

实际上，在我很小的时候，我曾经跟随大人走进过城市。那座城市很小，充其量算作城镇。即便是这样，也比我们乡下好太多。至于好到什么程度，孩童的眼光毕竟有限，并没有太多的印象。只是记住了第一次吃鸡爪，记住了服务员很响亮地报菜名。

幼时的顽劣，让自己付出了代价。终究没有走出农村的天地，把大人们所有的期望，重新带回了农村的田野，重新植入灰黄的土地，期待城市里所有的一切，在这里破土发芽。

梦想终究没有在乡村的田野里发芽，我却因为一些琐事又走进了城市。不过，我只是城市数以亿计匆匆过客中的一员，我的到来，并没有使城市有什么变化。

那些树

这棵树长在一幢楼的背影里。

从这家三级甲等医院的前门出去向右走，是一个繁华的自由市场，两边高耸的楼群把市场挤成一条狭长的窄带，人流使这条窄带变得拥挤不堪。每天天不亮，我必须赶在母亲醒来前，到自由市场把我们母子的早饭买回来。此时眼睛总是要与我的大脑做一番挣扎的，是很努力的反抗，但它终究是我身体的一个微小的部件，我迫使它睁开。

收拾好地铺，匆匆洗把脸，顺手拉开窗帘，天光无遮拦地涌进来，另一幢楼和一棵树便会一起挤进我的视线。

母亲还在酣睡，有轻微的鼾声。又是一夜，每天睡觉前，母亲总要折腾一番，只有折腾疲乏了才能睡过去，但我始终没有听到母亲的呻吟声。母亲对于痛可能已经麻木。问她，总说只是感到难受，是如何难受的？说不出；疼吗？不知道。教授说，风湿病的特点就是酸痛，如果感觉不出痛说明病程太长，病人已经习惯了，除非有了新的病症，产生新的病痛，病人才能感知到疼痛。当疼痛成为习惯时，病人的神经系统已经麻木了。我不知道，在一个地方久居的人是否也会麻木，麻木的神经是否也需要一个新的环境来迫使它兴奋起来。

病房在九楼，从这间病房的窗户，可以俯瞰到整个自由市场的景象。市场的摊贩大多是外地人，从他们的口音中听不出他们究竟属于哪个地域。现在市场上空已经有炊烟在弥漫，这是小摊贩们开始生火了，他们每天的生意已经开场，自由市场也在摊贩们的烟火中醒来，那个卖粥的小摊贩也应该来了。

匆匆下楼，出了前门右拐，穿过自由市场，便是另一幢楼，在这棵树下，就是那个卖粥的小摊。这是一棵梧桐树，春天已经过半，那些紫色的花蕾已经开始颓败，如果在我的家乡，当下应该是正含苞待放。自由市场有很多卖粥的小摊，我最终选择了这家，粥好是一方面，另一方面是梧桐树的花香诱惑了我。

小贩给我用便利袋装了粥，恰巧有几朵梧桐花落到摊板上。“友情赠送”，小贩操着夹杂地方口音的普通话，把梧桐花朵一并装进了我的便利袋。每天早晨花一元钱买一份八宝粥，然后穿过自由市场，再花一元钱买一份大饼，这些便是我们母子的早餐。在这家自由市场穿行的次数太多，那些摊贩们也已经习惯了我的出入，有的甚至如同熟人一样跟我打着招呼。起初我刚进入时，摊贩们的眼睛仿佛能把我的整个身体看穿，连同我装钱的口袋一起看透。

到自由市场买早点的，更多的是那些在这座城市打工的。

他们的衣着几乎看不出原色，头发凌乱。摆放了饭桌的摊点生意特别好，打工的可以在这里坐下吃饭，如同在自己的家一样，有属于自己的饭桌、一副碗筷和一条在饭桌前摆放好的板凳。一碗稀粥、几个馒头、摊贩免费的咸菜，令他们吃得有滋有味。三三两两相伴而坐，还不时听到他们的嬉闹，我想他们是对生活要求最简单的人，因为简单，所以他们又是最幸福的人。每天早晨，在这些摊贩的饭桌上，他们很惬意地喝着小米粥，吃着白软的馒头，就着免费的咸菜。这一切，已经使他们得到了某种程度上的满足。

今天的早饭带着梧桐花的花香，母亲好像很有食欲的样子，不用我多次劝说，母亲已吃了大半个饼。吃罢早饭，母亲站到窗前，我指给她看那棵梧桐树、那个卖粥的摊贩以及卖大饼的摊贩。母亲很久没有接触烟火气了，总是借助这扇窗看一下外面的景象。想走出这间房子，对于她是很奢侈的事情了。母亲对摊贩们的兴趣不大，倒是对那棵梧桐树长久地观望。末了，叹一声：“人还不如一棵树，树们已经开始发芽了，我的病什么时候会好起来？做人还不如做一棵树，下辈子重新托生，总得做一棵树来活活。”

母亲不是第一次说要做一棵树了。

每年春天，柳树将要发芽时，父亲都要剪很多柳树枝放到一个大木桶里浸泡。这是一个老中医给的偏方，说用柳树枝泡的水熏蒸可以治疗风湿病。每天晚上，先把泡过柳枝的水添入锅里，再加几枝刺槐条、一块火石头，然后烧沸。用一个大脚盆装了沸水，搁几块木板，母亲把腿放木板上，腿上盖一条麻袋，煮了刺槐条的沸水蒸气可以打开皮肤的毛孔进入病灶。麻袋可以透气，待稍冷却，慢慢地再把水浇到麻袋上，让母亲的双腿彻底与水接触。这些烦琐的程序做下来，母亲的风湿痛真的可以得到缓解。然后，母亲就说，下辈子一定要做一棵树，来补偿今生用过的这些树枝。

今天，母亲说要做一棵树的原因，已经不是她早先的本意了。她要做一棵真真实实的树，那样就可以逃避病痛的困扰，可以应四季的变换，最重要的一点是，春天可以苏醒发芽。然而我想，我们现在已经是一棵树了。母亲、我、卖粥的摊贩、卖大饼的摊贩，还有那些每天在这里吃早饭的打工人，当然也包括你，我们所有的人都是一棵树。

上午护士整理病房，一老一少，我听到她们的谈话。老护士说："这座城市是没有春天的。"很显然，说这话的老护士是本地人，带着浓重的本地口音。我不懂这句话的意思；小护士不是本地人，也不懂。"因为这是一座盆地城市，气温升得快，你根本还没有察觉到春天的意境，春天眨眼就过去了，然后便是炎热的夏天。"老护士说完就从九楼的窗户指着马路上的行道树。"你看那些柳树，现在已经放开长了。"小护士还是有些困惑。"算了，不给你说了，在这座城市住久了，你就会明白的。"两个护士絮絮叨叨地走了，病房也安静了。

我已经明白那个老护士说的话了。我还想说，我们已经是一棵树了。老护士是原住民，是土生土长的一棵树；小护士是一棵移栽来的树；而我和我的母亲，以及那些在自由市场为生计打拼的外地小摊贩们，还有那些打工的人，也是流动的树。

当然也不排除老护士的祖上也是移栽进这座城市的树，小护士的后人也会成为这座城市土生土长的树。而我和母亲不能。我们生存的环境，注定是流动的，可终究土归土，尘归尘，从哪里来，还要回到哪里去。在那个起点，我们是原住民，也是一棵土生土长的树。一座城市的开端不外乎这样的规律，首先是一个村落，然后是一座小镇，再后来才是一座城市——城市是生长在乡村的树，是乡村的原住民。

按照节气来划分，现在还不能确切地说是夏天。刚过了清明，这座城市已经有夏天的感觉了。那些树，迫于气温的上升，不得不改变自己的生长节律，以适应周围的环境，都纷纷做枝繁叶茂状。适者生存，达尔文的进化论无处不在，看着这些树，难免会令我想到家乡的树。

家乡的树大多生长在田野，田野是旷达的，树们可以恣肆地生长，那里有足够的空间可以使它们的枝干伸展。即使是生长在房前屋后的树们，也是遒劲挺拔的，有的浓密的树冠可以盖过整个屋顶，少时跟大人下地，被太阳暴晒过后，地头的树荫是很好的休息场所。有凉风习习，有大人们无所顾忌的笑闹，还有从旱烟袋锅子里飘出的传说和典故。就在树荫下，我还跟大人学会了如何根据树的倒伏状态来辨别风向或者是风力。我想从树诞生的那一刻起，便是背负了这些使命的。就像我们人类，不单单是为了在这个星球上占有一席之地。同样，树们也不会只是兀自站在那里生长。

现在从九楼病房的窗户望出去，是星罗棋布的高层建筑，高高矮矮的楼顶充斥了视线范围内的所有空间，很感慨于这样的一句话：城市是水泥钢筋筑就的丛林。能说出这样话的人，是具有大智慧的。也有一些树，零零落落地生长在城市的角落里，人们已经遗忘了它们才是真正的丛林的打造者。当然它们的生存环境已经使它们放弃了起初上天赋予它们的使命，譬如判别风向或者是判断风力，这一切在今天的城市都变得不可能。从这扇窗户我也看到了树们的坚持，有些树已经攀越一些建筑的顶层，并且还在努力向上。树们用它们不屈的魂灵，用一种挺拔的姿态，无穷地向上伸展。

如果能猜想到树的意志，我想不外乎这样几点：一、努力生长，赶超遮住它享受阳光的楼层；二、把这座城市荫蔽在绿色之中，包容那些灰白的建筑，让满目的绿色改变人们的浮躁心态；三、如果有可能就迁移到乡村去，那里有新鲜的空气及自由的空间，那里是祖先的根系所在。

如果这个猜想能够成立，那些生长在这座城市的树便背负了无尽的希望！

在城市看树，如同看到那些生命的无穷张力。

生长在城市的树们，任重而道远！

听到鸡叫

好像是公鸡打鸣的声音，也不确切，或许是其他动物的鸣叫。现在是凌晨三四点钟，昨夜睡得晚，我有些迷糊。翻个身起来看看在病床上的母亲，还好，母亲睡得很安稳，我迷迷糊糊地躺下。这时，公鸡打鸣的声音清晰地传进了耳朵。

有很多年没有听到这种声音了，今天在这座城市的凌晨如此清晰地听到了，那种感觉就好像是少时睡在自家的草房，那只有着大红冠子的大公鸡在我的窗下鸣叫。

彻底睡不着了，索性起来，我走到窗前，仔细地寻找鸡叫传来的方向。开始我以为是自由市场里摊贩们贩卖的公鸡所为，但等到鸡鸣再次响起时，我却听得真真切切，鸡叫声来自另一个方向，那是一个住宅区，应该是那里的居民所豢养的宠物。

现在即使在我的家乡，也很难听到鸡叫了。以前在我们乡下，哪一家不弄几只小鸡来养养。母鸡是农家人的“银行”，而公鸡是不敢多养的，一群鸡只能有一只公鸡，公鸡不下蛋，只会多耗粮食，人们也就断了多养公鸡的念头。留一只公鸡用来报时，农家人的日子过得紧巴，一座村庄有钟表的没有几家，平时都是根据公鸡的鸣叫来判断时间。勤快的人们在公鸡叫第一遍的时候便会起床，凌晨三四点钟的光景；即使再懒惰的，也会在公鸡叫第二遍的时候起床去忙农活。

20 世纪 90 年代，我第一次走进这座城市，也是我第一次真正地走进城市。满眼的高楼，满耳的异地口音，一切的新鲜好奇皆退位于为母亲治病的繁累中。那时的我几乎不开口说话，在家乡时颇觉我们胶东平原的掖县（现山东省莱州市）的口音大抵接近北方语系，与普通话相差无几，及至出来后才发现，我的口音与这里是相异的，与他人交流，有些话需要自己说多遍，别人才能听懂。

因为给母亲治病，在将近二十年的时间里，我们来往于这座城市，这就迫使我学着说普通话。现在，我可以用普通话随意和那些专家学者们交流，并使他们产生一些错觉，认为我在这座城市工作，应该还有着一份不错的职业。

我告诉他们，我来自农村，来自胶东半岛。然而他们不信，他们说我的气质不像是农人。我说，我就是一个农人，一个不折不扣的农人。我生活在乡村，那里是我的发源地。

《圣经》上说，上帝创世纪时，只赋予了人类一种语言，人类用这一种语言可以随意地交流，天下是一片其乐融融的景象。后来，因为缺乏理智和贪慕虚荣，人类想造一座登天的塔，不经修为就可以直接上天堂。上帝无奈，只好给人类添加了多种语言，使他们彼此不能直接交流而产生隔阂，那个造塔计划也随之土崩瓦解。

这个故事我很多年前就看到了，一直不明白的是，因为不同种类的语言，才让人类产生了隔阂。然而，我们操着同一种语言的人，隔阂为什么也是如此之多？并且，同种语言因为地域的不同，还会产生不同的语音差异。就像现在我走进的这座城市，同属于一个文明的发祥地，语音差别却如此之大。

那些动物们，它们应该不会存在语音的差异。就像我今天早晨听到的鸡叫，并没有因为这是在别的城市听到的，就需要当地人给予你明示：这是鸡在叫。这些动物们之间的交流，也不需进行反复的说明，而在它开始鸣唱的时候，它的同类已经明白它所有的表达。并且，它的外观也不可能使看到它的同类，还会将它们加以区分：是生活在城市，还是久居于乡村？

在今天早晨听到鸡叫，才使我发现：语言或者是语音的统一性，对于我们人类是多么的重要。当然还有更重要的一点，是我们内心世界的统一。

乘电梯

一个人，两个人，三个人……

人们手里拿着大包小包的东西，不断地走过来，又在这扇门前停了下来。电梯在不断地下降，显示楼层的数字在不断地递减。

今天是休息日，电梯没有操作员值班，另一部客运电梯也停止了运行，只有专门运送病人的电梯敞着空洞的“嘴巴”，似打着一个慵懒的哈欠般一直不能把嘴合上，只有这一部电梯繁忙地上上下下。电梯好像很疲累，每到一个楼层，都要做一会儿停留，好像是为了得到片刻休整的机会，喘口气，然后再上路。等待的人中，早有按捺不住的，不停地去按镶嵌在电梯门一侧的操作按钮，好像通过按这个按钮，他就能把电梯从某层拉来一般。

终于，电梯回到了一楼，门前等候的人如同听到一道无声的命令，纷纷抢占有利地形，形成一个包围圈，将狭小的电梯门洞围在中央。电梯门打开，心急的人不等电梯里的人出来，便拎着包裹挤了上去。人群开始骚动。我站在外围，冷漠地看着拥挤的人群，不知道是谁盛水果的袋子被挤破了，苹果滚了一地，又有刺耳的吵骂声响了起来。

下电梯的人都将自己的东西紧紧地抱在胸前，慌张地逃出了那个狭小的空间。我进入电梯，发现加上我才有六个人，很宽敞的空间，刚才的拥挤只是一种假象，而这种假象在我们的生活中无处不在。本来有足够的空间，非要营造出一种拥挤不堪的氛围，这难道不与人们浮躁的心态有关吗？

“电梯开始上行，请注意！”

电梯提示音冰冷生硬，即便是女生提示音，也缺乏柔美，如同这个钢结构的空间，泛着寒冷的光泽。电梯里的人好像受了魔咒一般，都面无表情，表现出一种少有的沉稳，完全没有了刚才上电梯时生龙活虎的样子。

“这里是二楼。”电梯停了下来。门打开，一个二十余岁的女子背着印着繁花的挎包，神气地甩甩披肩长发走了出去。在电梯门关上的刹那，通过电梯门的反光，我看到站在电梯门后的矮胖女人撇了撇嘴。

电梯继续上行。

“这里是三楼。”提示音响起。门自动打开，没有人走出去，也没有人走进来。停顿了数十秒，然后电梯又自动关闭，继续上升。

“这里斯（是）四楼。”不知道为什么，电梯的提示音出现了卷舌现象，把“是”说成了“斯”，我忍俊不禁，咧嘴笑出了声，然后其他人像是得到了某种旨意，也跟随着笑出了声。短暂的轻松时刻，马上又恢复了平静，又是一种死寂的平静。电梯上升时钢缆的摩擦音如同安眠曲，独自哼哼着。

后来在一个晚上，我与值班的电梯操作员有过一段交流。

操作员是一位老大姐，很健谈。我只是开了个头，后面的事情根本就不需要我的参与，只剩了她一个人在喋喋不休地倾诉。当然，我也乐于当一个倾听者。

“电梯把人都养懒了。以前没有电梯时，还不得照样爬。上了年纪和有病的坐电梯倒也罢了。你看现在那些年轻力壮的，一步也不愿意多走，就是上个二楼也在这里等，年轻轻的小心把身板养肥了。”老大姐很鄙夷地从鼻腔里喷出了一股气流，好像要把那些人冲倒似的。想到那天看到在二楼下去的花挎包和在电梯门后撇嘴的矮胖女人，我明白了老大姐鼻子哼气的含义，她的想法肯定也与那位大姐一般。

“最可气的是，有些人根本就不是人。”说到这里，老大姐提高了嗓门，“这些事情我遇到得太多了。开始的时候，我还做做工作，到后来，我干脆来个不吱声，挽起袖子，把电梯里的人向外推，他们也不会和我一个老女人计较。”

我用疑问的眼光看着她。

“病人家属推着病床要上楼，病人躺在病床上，电梯里的人就是不动窝，病人家属一直请求：‘帮帮忙，先让我们上去，病人刚做完检查。’下去的人也有，是少数，还在电梯里蹭着的人，我看着就来气，然后我对他们说，电梯坏了，让他们都出去。我看出那些人眼光里的怨恨，我不管。病人家属推上病床，我就启动电梯。听到下去的人在外面骂我，让他们骂去吧，哈哈哈。”大姐很得意，为自己的善举。我也很为老大姐高兴，老大姐是一个直爽的人。

老大姐的经历使我想到第一次坐电梯，也是在这座城市，也是在20世纪的90年代，是在另一家三级甲等医院。在这座城市，为了给母亲治病，我们走遍了除省立医院外所有的三级甲等医院，也感受了那些医院的电梯众生相。很无奈，都一样。经过二十年的建设，这座城市的外观已经非常的奢华，而它的内里呢？我不能下任何的评定。二十年来，为了给母亲治病，我竭尽了全力，二十年是一段说短不短的时间，足以改变一代人。现在的一代人，正在踏着前人的脚印，不断地前进。

如果我们能守住我们华夏民族上下五千年的灿烂历史文化，能让我们引以为豪的孔孟之道在我们的生活中得到充分体现，那时我们的社会，将是一个和谐文明的社会！

城市，努力吧！

在新华书店打哈欠

沿着节令轮回，小雪已过数日，大雪也快到了。阳光依旧是金黄色，暖暖地照着，路边的柳树、法桐还在努力营造着秋日的景象。也有过几股寒流，只是对煦暖的天气没有造成任何的损伤，我倒情愿那些寒流能如刀割般在肌肤上划割上几道，让我能真实地感觉到冬天就在身边。

单位的西邻是汉正街北方大市场，一家书店占据了大市场的中心位置。每天上班时，我都会从大市场的外面经过，穿过那些柳树、法桐的枝条，这家书店一直吸引着我。苦于工作过于忙碌，得闲的时候极少。

一日，偷得半时的闲暇，我去了那家书店，却是失望至极。书店经营着学生的练习题集，只有极少的几本书籍，还是盗版的，这让我对这家书店彻底断了念想。

我工作的单位在乡镇，每次去市里办理业务，我都会在中午的时候去新华书店转转。第一次去新华书店还是上小学一年级的时候。记得班里有同学带了小人书去学校，也带着优越感一起去了学校。一帮孩子围着那个同学，众星捧月般。向他借一本小人书需做很多事情，比如替他值日打扫卫生，替他写作业，放学后一起玩。这样的条件还要看他的心情如何，只有极少数的孩子才能得到他的眷顾，大多孩子是没有那么幸运的。

在上小学以前，我就已经对阅读有了极大的兴趣。家里有一本老版本的大部头小说《苦菜花》，繁体字印刷，是父亲受西安的工厂下派回老家支援农业生产时带回来的。当时看不懂里面的文字，我就看插图，一个人定定地对着一张插图也能看上半天。记得书中的第一张插图是一位老妇人，黑白色的全版插图，背景是灰色的空白，老妇人坐在这片灰色里，瘦削的脸庞也是灰白色的，棱角分明的脸型隐含了坚毅，身体全部描成了黑色，衣服的褶痕用稍浅的黑灰色刻画出来，包裹着老妇人健壮的躯体。无数次地和她对视，至今尚清晰地记着她的眼神，现在才懂得了那眼神中的含义：担忧、伤悲、愤怒，还有渴望或者是憧憬。

后来，直到初中毕业，我才把这本小说断断续续地看完。很多个夜晚，在昏黄的油灯下，母亲做着似乎永远做不完的家务，我一做完老师布置的家庭作业，就拿出这本书，繁体字不是很容易识别，不认识的字我就问母亲，母亲不认识的字我就查字典。家里有一本老版本的四角号码字典，书页都已经泛出淡黄色，只要我拿出这本小说，母亲就把四角号码字典放在身边，以备我随时向她询问那些生僻字。母亲教会了我使用四角号码字典，后来我才从老师那里学会查阅《新华字典》，四角号码字典的歌诀我至今还能完整清晰地背诵出来。只是现在，

《苦菜花》还在，四角号码字典也还在，母亲却不在了。

最初同学带到学校的那本小人书无疑对我产生了极大的阅读诱惑，那些连续的图画，极大地激发了我阅读的欲望：想不到还有这样的书，一本全是图画的书！但我得不到它，只能远远地看着那本小人书在同学们的手里翻来翻去，不时地传来他们兴奋的叫喊。我们一帮不能近前观看的孩子远远地站定一圈，很快就达成一致意见——星期天也去镇子上的新华书店买小人书去。

孩子的行为总是单纯的，他不能想象到那时的一本小人书虽然只有几毛钱，但也需要一个大人一整天，甚至是数天的辛苦体力付出才能获得。我回家就跟母亲要钱，说要和同学结伴去镇上的新华书店买小人书，母亲并没有阻止我愚蠢的想法，从贴身的口袋里翻出一个手绢卷成的小包，从不多的几张纸票里抽出一张绿颜色的贰角钱给我，这样的一张钱对当时年幼的我来说，数额无疑是巨大的，我很小心地将钱装在口袋里，还不忘在口袋外面用力按了按，确保它在口袋里安静地待着。

一帮孩子，确切地说是四个孩子，星期天结伴去了镇子上，目的地只有一个：新华书店。从镇子上供销社门前走过时，都没有影响我们匆匆的脚步。往日，供销社里的那些花花绿绿的糖果诱惑着我们在它们面前流过很多的哈喇子。

我们去新华书店的时候也是冬天，推开书店的弹簧门，一股热气扑了过来。书店里有一个大号的火炉子，炉膛里泛着赤红的光。小人书都在透明的柜台里静静地摆放着，一年级的学生还没有学会太多的汉字，小人书上的那些字都识不全，四个孩子只能是借助手势，一会儿问售货员这本多少钱，一会儿问那本多少钱，把售货员指挥烦了，大声问我们带了多少钱，四个孩子异口同声地回答：贰角，比在课堂上回答老师的提问还要整齐。售货员从柜台里拿出四本小人书，书面是彩色的，一个女孩子穿着红衣服，手里捧着一本红色的书，她的脸蛋也是红色的，两个红色的大字在小人书的右下角位置，只认识后面的一个“党”字，前面的那个字好像是一个“八”字，但又不像，我们没有问售货员那个字读什么，售货员已经很不耐烦地让我们交钱了。

四个孩子，同样的四本小人书，掏空了孩子们的口袋。从镇子上回家的路上，孩子们互不理睬，只顾翻看着自己手里的小人书，回到家已经翻过无数遍了，小手也冻得根本拿不住东西了。第二天，大家把小人书带到了学校里，有一个同学大声地念出了封面上的书名：“八党”，老师进来，听到这样别扭的书名要过去看，原来是“入党”。

四个孩子在以后的岁月里走得很近，可能也是与这段相同的经历分不开的。后来，我们无数次地去了镇子上的新华书店，购买一些用于学习的工具书。再后来，看到那个售货员不再待在新华书店里，而是骑着自行车，在乡村大集摆摊卖书。若逢着冬日，他把书摊摆在避风的墙角，寒阳冷冷地照射下来，面前的那些书在寒风里独自欢歌。

有些东西的存在是为了消失，或者是它的消失是为了证明它曾经很好地存在。我不想伤感地去怀旧，但是新华书店啥时从镇子上消失，又是什么原因让它从镇子上消失，我是不知道的。后来再要去新华书店就只能去市里了。

周日又去了市里，赴朋友的约会。饭罢，朋友问去哪里消遣，我言新华书店。

那时去市里的新华书店感觉也是件很奢侈的事情。那时我已经在镇子上工作，从乡下坐上车，颠簸一个多小时，才能到达市里，车站在市郊，然后从车站步行十几分钟才能到达位于市中心的新华书店。迈几级台阶，一推开弹簧门，高高的书架、充栋的书籍都会性急得与你冲个满怀。倚着书架，信手抽一本书捧读，静默的书本瞬间构建了一个繁华的人世间。看到累时抬头看看门外，车流及嘈杂的人流，却正是书本里的尘世。

现在，市里的这家新华书店已经更换了门楣，改成了大型的新华购物超市，新华书店从底楼搬到四楼，是这幢楼的最高楼层，这样的设置方式似乎比较符合精神领域占据制高点的说法。四楼以下全是物质的堆积：豪华的装修、时尚的衣装、奢侈的消费品，随时涌进来的嘈杂的人流，无不显示着这座小城的富足。

电梯保持着上升的姿态，终点楼层就是新华书店。新华书店也是超市的模样了，它占据了整个四层一千余平方米的空间。书架挨挨挤挤地陈列其间，书籍填满了所有书架可利用的空间。根据书籍的用途及性质，在书架上分门别类地标明了它们的领地。逛书店的人很多，但都很安静，或站，或坐，或倚，即使是走动，也是悄无声息的。

午后，安静时分，适合进入精神领域，我喜欢这种安静的氛围。我在外国文学的书架前站定，很久没来了，已经上了很多新书，也有很多作者的名字是我不知道的，不管是书还是作者，对于我都是新的。转到书架的另一面，赫然发现竟有三个版本的《瓦尔登湖》，都是精装版本，我把三本书都翻了几页，找定同一篇文章，细细地看下去，感觉仲泽翻译的我比较喜欢，句式、语感，还有渲染的氛围，都是自己心里暗喜的。

在“散文世界”的书架上随手抽取了一本散文集，很快就进入作者营建的个人世界。遗憾的是，我忘记了这位作者的名字，作者为一名女性，看到末了，心里唯有叹服作者驾驭文字的超凡能力。

抽取了作家耿立主编的一本年度佳作，准备寻一隅欣赏。朋友是一所高级中学的教师，抽取了一本教育类的书籍，我们拿着选定的书，在书架之间的空隙里寻找座位，找遍四楼最终还是回到了起初的书架前，只能席地而坐了，在我们坐下去的时候，一位在另一个书架前席地而坐的读书客看着我们微笑。

书店还没有开暖气，地板稍有一些凉，好在这点凉气很快被屁股焐热。就这样坐着，我跟随着阿来在中原地区行走，也行走在古中原的旧时光里，思维已经彻底融入。我想抬头看看窗外，偌大的空间没有一扇窗户可以供我眺望，环绕四壁的都是书架，拱顶上落下人造的日光，在外部空间行走的时光已经被隔离。我有一种轻微的恍惚感，感觉时光已经变得捉摸不透，它行走在我们身体之外，它是与我们没有任何牵连的载体，我们的成长与衰老都与它无关，只是我们真的能无视时间的存在吗？这样的探问终究是没有答案可寻的。

阅读也能产生疲累，朋友在一边打哈欠，用手遮住整张嘴巴，悄声给我说打哈欠是会传染的。我说不会，心里却在想我们是不是已经被时光遗忘了，现在的哈欠能代表什么呢？身体的慵懒状态，还是时光悄然的流逝？想到汉正街北方大市场外面的那些柳树和法桐，它们在冬日煦暖的阳光里正优雅地摇摆着枝条和黄中泛绿的树叶，它们是不是也被时光遗忘了呢？

对于阅读的氛围，我最奢想的是在冬天的时候，偎在火炉边上，披一件外套，然后捧定一本书静静地看着，困倦的时候，慵懒地打一个哈欠，一个很夸张、很奢侈的哈欠，然后看着门外飘零的雪花，静默地看它们纷纷落下的样子，看时光行走的步履，听雪落大地的声音。

朋友给我讲了她课堂上的一件趣事。一同学打哈欠，很夸张，竭力张大嘴巴。朋友在全班同学面前谑笑他：你想吃了谁啊，张那么大的嘴巴？我没有笑，我想，如果打哈欠真能吃了谁的话，还是吃掉世上所有的书好啦。

我总是固执地认为，一本书虽然无言，却容纳着一个作者穷其一生的智慧，作者将它毫无保留地呈现给我们，我们只需花很少的钱和极少的时间，就可以得到他用一生的磨难，或者是用一生的时间来穷究冥想的精神产品。想想看，这是多么令人喜悦的事情，这样的投资，无疑是天底下最划得来的。

最终，我也打了哈欠，但我保证不是被朋友传染的。免费的读书客做了将近两个小时，我的思维神经已经彻底放松了。昨日的天气预报说有冷空气南下影响黄淮地区，进到新华购物中心的时候，西北风裹挟着阴云覆盖下来，现在我想出去走走，看看外面的时光，是不是已开始符合冬天的节令。

在路旺

启明星渐渐归隐，一切从清晨开始。

在我临时寓所的外面是一条马路。我住在乡下，寓所是一座两层小楼，我住二楼。外面的马路会在清晨和傍晚的时候被临时作为小市场，方便人们用来买卖日常生活必需品。小市场占用了马路的十字路口，小摊、人流会经常使这里出现交通堵塞的状况。小市场具有季节性，秋天的时候，小市场会把十字路口完全占有，并向四个方向扩散，已经不单单是小市场的规模，与庞杂的集日没有丝毫的差异。冬天时，小市场会缩小到十字路口的东面，流动的摊点唯余几家，商贩们皆穿着臃肿，在瑟瑟寒风里蜷缩了身体，身边放了几个蔬菜筐子，覆盖着看不出颜色的棉被。铁皮房子的商户不受寒风的困扰，我坐在温暖的铁皮房子里，透过沿街的玻璃窗，看着来来往往的行人。

作为路旺的一个组成部分，小市场如同是麻雀身体里的一个器官，虽小却不可或缺。曾经在一个夏夜，夜半时分，我从寓所里出来，灯光已经熄掉大半，街上早已没有了纳凉的人们，巡夜的狗儿三五成群地在白天摊贩们丢弃的垃圾堆前寻找吃食，天上的星光逐渐隐没。几家烧烤店的生意依旧红火，烧烤炉的火光映衬着烧烤师忙碌的身影，阵阵青烟从烧烤炉里升腾起来，携带着生物油脂的气息，不断诱惑着食客们的食欲。客人们依然喧哗，推杯换盏，他们能坚守到第二日的清晨，此刻于他们不是夜生活的开始，也不是白天的结束，而是一个昼日的循环往复。

我曾在十字路口的中心地带长时间地站立，分别面对四个方向长久地站立。傍晚时分，正是小市场最繁华忙碌的时刻，小市场的忙碌，及至行人的忙碌，车辆的嘈杂，与我在这里的孤立，形成极大的反差。我承认，我的孤立与安静只是我的外表，我的内心一直是拥堵的情形。黑夜渐盛，向这里聚拢，将我包围在路口的中央，我的存在于黑夜形同虚设。我真真实实地看到黑夜在我面前的行走状态。我感觉白日是被这些行人、车流一点一点带走的，人们在路旺的土地上行走，带走他们所需求的一切。比如，财富、时光、温饱，甚至于生命，等等。

威乌高速公路从路旺穿境而过，从威乌高速路上下来的大型货柜车在这个十字路口分流，有的向西，有的向东，有的一直向北。这些大型货柜车来自青岛和天津的海港码头，也有从国外来到这里的。有的来自美国、德国、英国、意大利、澳大利亚等国家，也有的来自一衣带水的韩国、日本等亚洲邻邦。它们从世界各地汇聚这里。一个小小的乡村，连接着外面庞大的世界，也与世界经济密切相关。

作为曾经的镇驻地，十字路口周围的路段称为路旺街。我的寓所在路旺街的北面，斜对面是两家金融机构，一家是农业银行，一家是农村商业银行，农村商业银行早年的称呼是农村信用社。两家银行比邻而居，在路旺街上是最繁华的所在。两家银行的营业时间都是从上午八点半开始，从每天清晨开始，两家银行的门前都会有等待办理业务的人们，排在自动提款机前的人尤其多，来来去去，皆行色匆忙。门前的车位拥挤不堪，会经常出现交通拥堵的状况。这样的状况会一直持续到晚上，日日如此。

十字路口的东北角，也就是小市场的西北角，是出租车的场地，大大小小的出租车有二十余辆，还有一些小型货车及摩的。清晨司机们便会聚此地，等待来来往往的客人。实际上，十字路口的各个角落都会充当客运车的临时停车点。客运车有短途，也有长途。短途是从路旺到市区，或是从市区到路旺。长途就比较多了，省内的苍山、临沂、青岛、济南；省外的浙江、河北；更远的是哈尔滨，当然这些长途车只是路过，向南就是威乌高速的出入口。早年从这些长途车上下来的外来人员中，既有穿着光鲜的业务员，也有衣着简陋的打工者。现在长途车上的过客几乎都是打工者，马路上来来往往的轿车，成了业务员们的代步工具。

在这个小市场上，买的、卖的，无须过多的语言交流，各取所需。经营早点的摊铺生意最是红火，凌晨的时候，这些摊铺便进入忙碌状态，那些尚存有昨夜露珠的小菜，在还带着田野的清香时，便已走向千家万户。露天锅灶飘出的炊烟，掺杂着人语车声，拉开了一天忙碌的序幕。

小市场中的人们，来来往往。他们操着不同的口音，或者是用不同的语言进行着买卖交流，有时候如同在打哑语。全国各地来此打工的外来务工人员占据了大半个市场，他们从浙江、四川、河北、安徽、河南，东北三省及省内鲁西南等地域来到这里，因为在这里久居，很难从穿着上将他们和本地人分辨清楚，只能借助说话的口音知道他们是外来务工人员，但在今天已不能仅凭说话的口音就能分辨他们来自某个确切区域。

因为生意的关系，我接待过从青岛过来查看货物的客商。因为那日我回货场的时间晚了些，客商早已到达。客商先前就见过，已经熟络。在座的有一个陌生人，五十岁左右，不怎么说话，外貌体征也无异于我们本地人之处，我以为是到货场看货的本地人，他说话的口音和行为举止，与我们本地人无半点差异，何况大家谈的都是废旧塑料的事情。中午准备去吃饭的时候，青岛来的客商给我做介绍，说此人是浙江温州人，在此地进行废旧塑料加工已近二十年，娶了路旺的女子为妻，是临时请来帮助他们看货品质量的。我听后颇诧异。浙江人早年接触过很多，那时我父亲在老家从事海产品收购生意，有时候家里能同时住十几个浙江的客商，有宁波的、温岭的、玉环的、象山的，还有来自舟山群岛的。休息日的时候，我回家帮父亲打理生意，和他们交流时比较困难，他们的语速极快，即使是普通话也是听一半，猜一半，有次还闹了笑话。和父亲同龄的老刘，曾为此笑骂我“小赤佬”，老刘只有在快过年的时候才回家，在我家几乎住满一年。但他们的浙江话我一句也没有学会，还是需要半猜半听，这也可能与我的听力和语言表达能力不太好有关吧。总之，听他们说话，那叫一个费劲。

顺着马路向东走，是一个几乎看不出高度的岭子，这里属于半丘陵地区。在岭子上住着的人见面最常见的招呼便是“下去买点东西”，或者是“到下面去转转”。我住在岭子中间靠下的位置，不长的时间里我也学会了这样和左邻右舍打招呼。向西走，或是向北走，路两边废旧塑料加工厂家和塑料机械生产厂家密布，都以家庭为生产单位。几十家饭店散见其间，有临沂的大火烧店、安徽的板面店、河南的辣子鸡店、青海的牛肉拉面馆。还有几家特色小吃店，门面标的都是外省市的。这些店的老板和厨师，他们熟知老乡特有的口味。

有一家专门做羊肉的饭店，每天早晨他们必定在门面外的木架子上宰杀一只活羊。我经过的几次，都会遇上饭店的厨师正在剥羊皮，羊皮翻卷着耷拉下来，露出白色油脂和猩红的羊肉，每次都不忍目睹，心里念着佛语匆匆走过。大型酒店也有十几家，都是当地人开的，无一例外都装修豪华，可与市里的酒店相媲美。

我曾经品尝过安徽的板面和青海的牛肉拉面，不合口味是其次，给我留有特殊印象的是食客们的嘈杂，晚饭时刻尤甚。在此吃饭的以外地来此打工的居多，只有在他们大声吩咐店家加个菜，或者是催要他们点的菜品时，才能听懂一点他们饶舌的家乡话，其余的话音根本无从听懂。我们当地有句俗语：吃饱了就不想家了。在此务工的异乡人到这些饭店吃饭，或许更多的是为了寻找家乡的味道，以解常年在外思家之苦。当下热播的纪录片《舌尖上的中国》，其中有一句经典讲解词：“母亲给予的味觉记忆，会深深地植入孩子的心里，这个过程，如同教授母语。小时候吃的东西，无论走多远，它都像是一个巨大的味觉定位系统，一头锁定千里之外的异地，另一头则永远牵绊着心灵深处的故乡。在异乡的游子，不管疲累来自何种状态，心理、身体还是其他，只要吃上一口家乡味道的饭菜，不管是细嚼，还是狼吞，都是表述一种对家乡的相思状态。”

如果不是因为工作关系，路旺或许不会在我的生命历程中出现。我的籍贯所在地，以路旺为参照向西北直线距离最多有十公里，这里与渤海紧挨着，20 世纪 80 年代，海水倒灌，加之天气干旱，农民们自然地淘汰了水渠浇地的原始浇灌模式，都采用塑料水管引水浇灌农作物。那时，我正面临小学毕业升初中。有一日，父亲买了塑料管子回来，给母亲说，人家路旺那里真是好地方，浇地的水井就在地头上，麦子长得真好。我就是在那时记住了路旺，记住了路旺不但有好地、好水，还生产塑料管子。当然，那时的我不会想到，我会在某一天，会在路旺讨生活，也是以塑料为谋生手段开始一段生活历程。

我在路旺居住已有三年，到目前为止，还没有从这里搬离的念头。我承认在此居住的三年几乎是我荒废业余时间最多的三年。第四年开始，我尝试着让自己安静下来，认真感触外面的环境、人、事、物等。“熟悉是从时间里、多方面、经常的接触中所发生的亲密的感觉。”这是费孝通老先生在其《乡土中国》里的一句话。熟悉不是忽视，也不是狂热的追随。此地不应由我忽视，我在此居住过，此地也不应被我狂热地追随，我须保持清醒理智的思维。由此而开始的时间，及至在今后时间的进程中待发生的一切，都是注定要发生的。

人世间的烟火，氤氲着生活的气息，日子就在这些恬淡的时光里无言溜走。所以，我得充分调动我的主观能动性，用以克制目前我自身的惰性。

不得不承认，我的惰性来自我的工作环境。一成不变的生活流程，几乎不加改变的工作模式，惰性在这里找到了繁殖的温床。当然，惰性是相对的。周而复始的工作模式，使我和我的同事们的身心都如同上紧了弦的钟表，夜夜日日，奔波于下乡巡查、立案、结案的烦琐工作流程中。无暇顾及身外的其他新生事物。

路旺，这个地理名称已经彻底从中国行政版图上消失，在今天已经不存在，但是作为中国北方最大的废旧塑料加工基地和市场，路旺这个名字依然存在。在路旺区域进行废旧塑料加工的厂家，大到公司，小至家庭作坊，有几千家。

2000 年的时候，因为机构改革，将路旺镇并入了现在的沙河镇，同时并入沙河镇的还有珍珠镇。路旺已经失去了严格意义上的地理坐标的作用。但是，在这里生活的人，还是沿用了以前的习惯。

时间追溯到 1988 年。那时候，我在土山镇工作，是镇政府办公室的一个小职员。因为工作的关系，需要经常到市里的对应部门进行工作交接。从土山镇坐客运车，经过沙河镇的大十字路口，这个大十字路口位于 206 国道，是进入胶东半岛的门户，行二十分钟的路程，就会在国道的路南看到有一个铁牌坊。牌坊是黑红色的，横跨一条崭新的、黑漆漆的沥青路，牌坊的顶端镶嵌着“兴旺路　路旺兴”六个油亮朱红的大字。

这是一条南北走向的路，直通路旺镇政府驻地，当时我就对给这条路起名字的人产生了莫名的敬意。这六个字颇见起名人的文字功底，首先是路名，兴旺路，吉祥且给人一种奋发向上的动力，贴合了当时人们的精神状态。其次，寄托了人们对路旺这个镇子的殷切期望。路旺兴，兴旺的不仅仅是路旺这个地域，更寄托了人们对生活的美好向往。不管怎样念，都能感觉到人们对路旺未来的走向寄予了厚望。

我的工作是每日下乡巡查，制止和查处非法占地。我所在的巡查区域便是路旺，每日两次，上下午各一次。在路旺区域转得多了，便开始有了想法。

这也是我作此文的动力所在。

路旺地域虽小，但街道众多。各色车系熙攘往来如流水。大型的货柜车、来自全国各地运送废旧塑料的车，是车流中最多的车，也有奔驰、宝马飞驰的影子，最近有了几辆保时捷卡宴，听说价钱在二百万左右，其他国内的名牌车辆不在少数。三轮摩托车如同车流中的游鱼，三五成群，满载着废旧塑料，在车流中四处游窜。摩托车夫面色黧黑，如果是在夏天，大都光着膀子，黝黑的肌肤隐现出力量的轮廓。

曾在一个深秋的傍晚，吃过晚饭后，天还没有完全黑下来，我和爱人一起去一个老客户家做礼节性的拜访。从路旺十字路口向南不到二百米，向西一拐就可以看到老客户刚修整的厂房。厂房与院子连为一体，占地约三亩，门口支着焚烧滤网的小铁架，空气中弥漫着塑料燃烧过后的气息，院子里堆放着塑料大件。院子的南面是偌大的钢架厂房，节能灯将厂房内照得如同白昼。

村庄还是村庄吗？在路旺根本就找不到一座单纯意义的村庄。住家也是厂房，厂房也是住家。连片的住宅，经简单的改造，便具有了厂房的功能。先发展几年的几座村庄已经是厂区的模样。

每一方土地，总会有几条河流。它们充满诗意，营造了一幅优美画卷。流经路旺的河流，源头无一例外都在东南的大泽山脉。大的河流也是相对而言，一条是白沙河，这条河横贯整个沙河镇，可以说是沙河的母亲河，沙河镇的名称也由此而来。还有一条是珍珠河，流经镇子的北面区域。小的水流也有几条，根本就没有名字，人们谈起的时候顶多说是在哪个村子边上的，等等。大小河流最终都流向渤海。

在路旺，每日面对的几乎都是废旧塑料，人们的一切行动都与废旧塑料有关，废旧塑料影响了人们的生活状态。在这里，废旧塑料是人们的生活基础。废旧塑料就是财富，就是富足的生活。巡查在路旺区域，空气中充斥着塑料经过热加工后的气味，在一些生产厂家的门外，还会经常看到焚烧滤网的小支架。一排滤网冒着猩红的火舌，升腾起来的黑色浓烟直冲天空，刺鼻的气味会使人产生瞬间的窒息。如果是在晚上，这些焚烧的场景如同跳着艳舞的恶魔，会紧紧地抓住我的心脏，让我片刻也不敢走动。好在这样的现象已让当政者认识到空气污染的危害，多年前开始在路旺区域推广无滤网造粒机械，使塑料机械制造迈上一个更高的层次。

如果用一个词来描述路旺当下的发展状态，没有比“消失”这个词更贴切、更恰当的了。一座村庄的消失，一条河流的消失，一座山丘的消失，等等。消失得义无反顾，走着走着，它们就从我们的生命历程里被没有任何征兆和条件地剔除出去，没有辩解和申诉的余地。这些消失的必定会被新生的事物取代。比如，新农村改造的集体上楼工程；填河造地，或者是一条河流的污染，彻底失却河流的意义。有时候我会想到，如果这些不断消失的事物，随着我们年龄的增长，开始从我们的记忆里淡出，还有什么能让我们回头，看看曾经寄存了我们所有美好向往的源头？我们所追求的必定有一个起点，而与起点相连的都走在消失的路上，直到有一天，我们所追求的美好向往握在手中的时候，是否还有当初起航时的欣喜？

只能用期许的心态，去面对眼前的土地，谁知道以后会发生什么，是怎么发生的？会改变什么，又是怎么改变的？你、我、他都不是先知，只能期许路旺会发展得越来越好。

大约在冬季

天光越来越远，远得看不见它的踪影，幽暗中生出的黑，缓缓地把夜空包围，红烛独自摇曳，把隐秘的黑夜撕裂出一道伤口，汩汩地冒出鲜红的心事。我坐在鲜红的心事里，等着你来。

我知道你会来的，你不会让我一直等待下去，你给我的信息里表达得是那样的强烈，充满了某种欲望，让我禁不住想入非非。

我们分别得太久了。

傍晚时分，天光开始暗淡，东北风裹挟着强劲的冷空气包裹住了这个世界。我打冷战的时候，这个灰白的世界也跟着哆嗦了一下。我看到天上的阴云，跟随着东北风急急地飞奔着，只一转眼的工夫，头顶上方的天空，就被酡红的云彩包围了。

我就想起老宅旧邻的二奶奶。二奶奶曾经要把你许配给我的，说是定一门娃娃亲，以后她要讨一杯喜酒喝。我红通通的小脸上瞪着两只闪亮的眼睛，看着满头白发的二奶奶，二奶奶可是我们这一带出名的媒人，她相中的姻缘是不会有错的，二奶奶竟然看出了我小小的心里竟是那么的喜欢你。

二奶奶说，这是你们的缘分呢。“百年修得同船渡，千年修得共枕眠。”曾经我不知道这句话是什么意思，现在我知道了。这竟是你我的千年约定，但那时我竟然已经忘记自己轮回了多少世，也把我们的千年之约给忘记了，却在今生又对你心生了渴望。你看我时的眼睛是那样的明澈，不带丝毫的忧伤，你应该是记得这个约定的。你悄悄地来，我听不到你的声音，你用纯洁的笑脸，把我的心包裹住，让我从内心生出丝丝的暖意。

那杯红酒我已经端在手了，烛光闪烁，玻璃杯透出红宝石的颜色，我静静地等候着。我知道，你是要给我一个惊喜的。我把纷扰的尘世关闭，只留了一个寂静的空间等着你来开启，我想听你步步走近的声音，幻化的你的影子在我面前的烛光里舞动。

我现在还会跳你教我的舞蹈，虽然我一直不会跳伦巴、国标，或者芭蕾。我会跟着你旋转，仅仅是一个转身，就那么的神奇，那种神韵我一直不能很好地描述，那是世间没有的，我和你一起旋转舞动的时候，你眼角含满了笑意，你的笑声在我旋转的身影里穿来绕去，像在给我的舞姿打节拍。今天你来，我想你必定还会那样舞动的，只是我已经身体臃肿，手足僵硬，即使是费力地旋转，也不会充满节律了，我变了很多，从你走之后就开始改变，你还能在茫茫人海中一眼认出我吗？

我们分别得已经太久了。

门外的北风还在奔跑，带了明显的喘息，它或许是已经累了，就像是我跳舞出现疲态时，竭力做着最后的旋转，然后跌落在地。我头脑里一片混沌，面前的世界和你一样在舞动、旋转，你停止了旋转，只是笑眯眯地看着我。我是那么喜欢你，从看到你那刻起你就一直是笑着的，这应该是你守着千年的约定，终于在茫茫人海中找到我，你内心应该是满含了喜悦的。

我不知道，我到现在也不能明白，那年你的眼泪暗喻了何种玄机。我站起来时，你已经走远了，只看到小小的背影在我的眼帘里越来越远，然后消失在田野，消失在长路很远的那端。情窦初开时，我就不时想起二奶奶的话，然后就把你偷偷地打量，你也和我一般年纪了，眸子里是含蓄的笑意。

门外的夜色越来越深，风已经停止了奔跑，它们也在想着心事，或是在静待着一些事情的发生吗？这样的夜应该是有一些事情发生的，或许是它们一直在想象着我们见面时，会有怎样戏剧的场面出现。我坚持等着你来。烛光使整个空间弥漫了温馨，红红的烛泪倾泻如注，就像是我心痛时的泪，是我多年见不到你，在我心底堆积的泪滴，是相思泪吗？如果是相思泪，我情愿将其化作一场春雨，就下在你离去的那条长路上，我曾经在这条路上急急地寻找你的影子，也曾经在这条路上默默地等着你来。杨柳依依，雨雪霏霏。柔嫩的枝条开始泛出淡黄，荒草也已是淡绿的模样，你一直没有来。你把我的魂魄也顺便带走了，一别即天涯。

我们分别得已经太久太久了。

但今天你要来，你给我信息说是要来。我知道你说来，就一定会来，那个千年约定已经被我们打开。红酒对红烛，我坐在自己的心事里，等着你来。我想看你是如何给我一个惊喜的。这次我想改变一下，我想给你一个惊喜，看着你的惊喜，包容在我的惊喜里。看着你悄悄地来，我躲在自己的空间里，我从指缝里透出我的眼光，看着你一步一步悄悄地来，就像是小时候，我突然拿开盖住小脸的手，然后大喊一声，我看见你了。然后就是你的笑声，还有你舞动的身影在漫天飞舞。我追逐着你的影子，你的舞姿。不知道我还能不能喊出那一声，我的声音已经略显苍老，已经没有少年的声音那般清脆响亮。

我们已经分别得太久太久，我在过去的时光里改变得太多太多。

红烛的眼泪还在慢慢地倾斜，弥漫了我的心事。你还没有来，我坐在自己的心事里走不出来。我知道自己改变了很多，你怕是还没有改变那青春的模样，我一眼就能认出你，你却寻不见我，我不能在这里继续坐下去，我想走出去，走出去找你，在你消失的那条长路上，或许你已经等候在那里，不断地左右观望，看着我可能出现的那条路。再或许，你在等待着我给你一个惊喜，让我从你的身后，用我冻得发红的双手，蒙上你的眼睛，让你猜猜我是谁。

红酒已无，我竟有丝丝的醉意，站起身，走向门口，肢体竟开始不由自主地有节律地舞动起来，它们好像比我提前知道了什么。

拉开门，红烛的光窜出来，映照着你的样子。原来，你已经来了。在我独自想象着你的模样的时候，你悄悄地来了，我想给你一个惊喜的，但还是被你给我的惊喜包围住了。

哦，雪花，好大的雪呀。

凝固的时间之美

仿佛时间老人一个不经意的瞌睡，乌镇就这样被遗忘了。风云变幻的历史与乌镇无关，嘈杂喧嚣与乌镇无关。时间在这里停止了前进。

被时间遗忘的乌镇，带着灵秀的江南风韵，走进了我的行程。当我抬起右脚踏上乌篷船，半空中便扬起了点点的雨丝，雨丝就像是悬在空中，身体的每一个部位，思维的每一个节点，都全力去碰触，一滴、一滴，又一滴，似听到环佩叮咚，清脆悦耳。此刻，一切的一切，全变得湿漉漉，让人安逸于梦里水乡的幽静。乌镇的青砖灰瓦、鳞次栉比的马头墙隐隐露出，妩媚含蓄如处子。在船娘摇橹优雅的节奏中，在声声欸乃的乐音中，静默的水阁、石弄、水雾，便都在顷刻间扑进我的眼帘。那一刻，我能清晰地听到自己的心跳声。

长长的石板路，悠远而深邃，泛着淡淡的水光，踏上去能听得到时间老人似有若无的鼻息声。这一刻仿佛回到了一千余年前。这样的石板路上，在一个烟霭缱绻的清晨，只一个人走过，这是很奢侈的。沿街的老屋，闭着的一扇扇乌色的木门，隐隐地透出沧桑，如历史般凝重。随意地敲一扇门，回响空洞，那回响缭绕于耳畔，似历史幽咽绵长的叹息。曾敲开过无数的门，每一道门的背后，都蕴藏了不同的内容。如果把乌镇比喻为一本尚未开启的古籍，那每一块厚重的石板，都是古籍密密的线脚，那每一扇乌青色的木门，都是古籍的内页。我可以打开这本古籍吗？我可以顺着石板路走进乌镇的历史吗？没有人能作答，我自知那时刻，我的心境顺着长长的石板路变得柔和起来。

乌镇的石板路悠长，连接它们的是石桥，石桥可以让石板路四通八达。踏上古桥，我的心也可以畅达古今吗？踏上古桥布满印痕的石阶，我不知自己是否可以幻化为一座桥，居于青灰的乌镇。一点简单的怀想，夹杂一点点纯粹的奢望，便是此时此刻我最真实的想象：空中飘几滴明清的雨丝，我着一袭青布长衫，撑一把油纸伞，踽踽地走上这石板路，踏上石桥凭栏赏雨，然后，从未知的弄堂里，走出一位擎着油纸伞，结着愁怨的、丁香一样的姑娘，她带着丁香一样的清香，一步一步走上石桥，款款地走过我的身旁。空气中有清雅的古筝曲在飘荡，撞击着我空落的心房，陡生出无限的感伤。香樟树的碎花零乱了石板路，也迷离了我的视线，空蒙的清雾遮掩了她害羞的模样。

乌镇的桥多，水汊多，小船更多，摇船的多为船娘。凭一只小舟，轻摇于水上，整个乌镇便都温柔荡漾起来，粼粼的水波，以小舟为中心向四下里荡开去，撞上岸边，然后再回还。

水纹与水纹撞击，便打碎了乌镇的宁静，也惊扰了乌镇的清梦。有船客提议船娘来一段小曲，船娘倒也爽快，轻启朱唇：“妹妹我坐船头，哥哥在岸上走……”嗓音不算优雅，却也飘着吴侬软语的清甜，是很悦耳的，船客接上几句，直引来几声喝彩。我只是静静地听。

此情此景，倒不如来一首《弯弯的月亮》更为应景，“阿娇摇着船，唱着那古老的歌谣，歌声随风飘，飘到我的脸上……我的心充满惆怅，不为那弯弯的月亮，只为那今天的村庄，还唱着过去的歌谣”。“古老的歌谣”，于他，于我，于每一个走过乌镇的人，于每一个心底有着古老情结的人，该是多么留恋向往。

道家有语：“大音希声，大象无形。”大美该是一种怎样的形态呢？走过乌镇，我真想停留此地，不再回还。

在秋天的背面

听到大雁鸣叫的时候，我正端着一杯茶水隔着玻璃窗看着外面的天空。天空很近，高空里缀着几片云彩，云彩都是丝丝缕缕的，可以看到风的痕迹。偶有大片的阴云急急地从低空掠过，黑白相间，让我想到阴雨，想到将要盛行的秋风，以及在云层里不断变换着飞行阵势的大雁，一会儿“人”字形，一会儿“一”字形地向西南方向飞去，一眨眼的工夫就在远处的天空留下一条黑线。现在已经是白露了，早晨可以看到草叶上的水珠，追逐着秋天的影子，一点的响动就可以把秋天的影子打翻，抖落一地的湿痕。

院子里的美人蕉还在旺盛地开着，颜色朱红，叶片淡绿。倒是那株非洲茉莉绿得肆意，它在这个院子已经有五个年头了，俨然一副主人的架势。非洲茉莉今年已开过花，花时很短，只有一天，清晨开出白嫩的单片花朵，傍晚时候就是萎黄的花蒂了，香气有一些，但不是很浓，也不似南方茉莉的清香。

屋子里很静，电脑发出的噪声此刻突然变大起来，在我的耳边嚷着。杯子里水汽氤氲袅袅上升，又轻柔地附上我的下巴，然后溜进鼻翼里。它们让我时刻保持着清醒。一朵干黄的茉莉花在水杯里悠悠地荡着，花瓣受了水的蛊惑开始绽放。

桌上是一个打开的包裹，包裹从遥远的地方来，穿越了千山万水，还穿越了很多条道路。风尘从打开的包裹里窜出来，此刻让我想到，原来距离在现代已经不是问题。穿越它只需要一个简单的理由，或者是一个善念。

友人知道我的生日，但不知道我喜欢朱红色。

一个朱红的红釉杯此刻被我捧在手中，淡绿的水透出勃勃的生机，不知道是水温，还是杯子的红釉把我的手心熨帖得暖暖的。一个红釉的笔筒也摆在我的案头，朱红的釉彩在黑色的电脑桌上倾泻开来。

友人来信息："是当地的特产，不知道喜欢不喜欢。"

"喜欢，最喜朱红。"

"真的？"

"真的！最喜朱红！"

最喜朱红，也最喜院子里的美人蕉。美人蕉的朱红是原生态的，深藏的秋天也没有让它的朱红消减半分。那些花花草草都故做成熟状时，只有它保持了本真。自从母亲过世，我很长时间里不再看那些艳丽的颜色。并没有刻意地回避，今天却忽想起，那些艳丽的颜色已经被我的视觉器官摒弃了。

一只猫闯进洒满阳光的院子，看得出它很谨慎，不断地回头张望着，如此空旷的院子，此刻是属于它的，一片枯黄的树叶随风飘落进来，它发出的响动使猫恐慌，猫惶急地从院墙的栅栏里跳了出去。

发小来电话，问我今天有没有感觉到伤感。自幼的玩伴最相知，我一时无语，以为他会说祝我生日快乐的话，以前每年这个时刻，都会收到他的真切祝福，但是今天他说出了另外的话。他说中了我的心事。很多人在我面前说过生日快乐之类的话，笑容真诚，握过的手也是温热的，但我感觉自己的笑容里隐藏着丝丝的凄凉。从今天开始，我正式踏入四十的门槛了。

落在院子里的阳光明净，没有想象中的金黄色。风把天空打扫得干干净净，透出遥远的蓝，刚才欲雨的意象消散无踪。秋天的风顺着纱窗扑进我的水杯，清凉瞬间布满我周围。秋风干爽，携带了田野的气息，成熟的清香、破败的腐朽，各种气味纠结在一起，它们填充了庞大的空间，我在这个空间里一动未动，入定般。

久未雨。

春天的疼痛

一

它们一直以蛰伏的姿态在我身体里隐藏着。

我不能忽视它们的存在，也不敢忽视它们的存在，在我将要忘记它们的时候，它们就会给我的身体制造一点麻烦。它们从我身体的最内里出发，在布满骨骼的肌肉上迅疾地穿过，把阻碍它们前进的神经系统拨动，然后我马上感觉到它们的震颤，痛感立至。

有时候我会怀疑，这些疼痛和那些密密分布在我身体里的神经系统互为表里，后来从一本《基础中医学》的书上得知，我的怀疑是正确的。我不能想象那些形同河流，或者是疯长枝丫的大树一样的神经系统，是如何与那些疼痛互相勾连到一起的。我在一张人体解剖图上看到了那些神经。解剖图是彩色的，神经用白色的线勾勒出来，它们绕过肌肉的丛林、骨骼的山峦、血管的河流，在人体里织成一张网，这张网能网住所有隐藏在身体里的痛感。

有时候我会进入一种虚幻状态，此时我肯定是在假寐，春日的午后，阳光使人开始慵懒，即使是在行走的状态，也会感觉到自己是游离的，没有人注意到我此时的状态，也没有人能够看出我的假寐与游离，甚至我自己也不能将自己的不同状态区分开来。行道树的叶子还没有生长出来，枝条却是柔软的，它们比神经线更像一张网，将降落下来的阳光罩住，随它们的喜好，把阳光分割后重新组合，人行道上便会呈现出各种各样的图案。

我把那些图案踩痛了，它们在我的脚下发出低沉的呻吟，呻吟声夹杂着它们的疼痛穿透我的脚心，在我的身体里上升，持续上升，直达我的神经中枢，但我分明感觉那些痛感来自我的身体内部。我踩碎了那些图案，把我的身体糅合进去，变成它们的一部分，使我们更像是一个整体，或者更直接地说，是它们用密密的网线把我拢住了，我无法逃避它们的存在，无法逃脱它们的力量。我如同气泡一样在它们的网线里碰撞着，破裂造成的痛感使我很快地忘却我陷落于网线，我从网线里逃脱的时候，甚至还感觉到了丝丝的快感。

我的假寐状态欺骗了自己。在春天的某一个夜里，我也会感觉如同午后，四围是夜色，夜色里是一双假寐的眼睛，一些与春天有关的幻象布满整个空间。

嫩芽从树枝粗糙的皮肤里奋力挣扎着突破，黄土之下的草芽开始苏醒，在草芽的旁边还有一只虫子蜷缩了一下自己的身体，河床上的冰块开始破裂，藏身在水草里的小鱼透过破碎的冰块看着天上的白云，我能用眼睛真实地看到这些幻象，耳朵却听不到，我以为自己变成了聋人。窗外是护送春天过来的风。它们从去年的冬天出发，现在还带有冬天轻微的寒意，我忍不住打了一个寒噤，幻象都消失了。

很多时候，我不想在春天里待太长的时间，春天来临的时候，我总是手足无措，我不知道应该以怎样的状态去完成与它的相遇，虽然这个过程是必需的，我从内心里生出逃避的欲望。春天总令我昏昏欲睡，我记起了，我的失眠就是从春天开始的，我身体里的那些神经已经不能听从于我，它们属于春天，春天让它们变得浑浑噩噩，即使是醒着也如同睡眠，睡眠时却又像是在醒着。头痛，痛得厉害，就像一场宿醉。

二

每年正月十五前后，我都会拿着镢头和篮子到田间的沟坎去寻觅，一个冬天的雪水会把藏匿在黄土下的野草根系滋养得白嫩粗壮。苦菜的根系是首选，干枯的苦菜叶子暴露了苦菜的踪迹，地沟里的残雪还在，镢头把冻土挖破一个豁口，各种植物的地下根系显露出来，粗的、细的，长的、短的，如同我身体里的神经一样杂乱。苦菜的根粗壮，奶白色的汁液从断掉的截面里迸发出来，一丝苦香在舌尖上弥漫。一个老中医告诉我，心脏病人多吃一点苦的东西，有利于心脏的养护，从中医辨证施治的角度讲，苦入心，行气化湿。从此，每年苦菜还没有生芽的时候，我就开始了不间断的寻找。从春天开始，一直到深秋苦菜老去。

把挖回的苦菜根或者是苦菜洗净，蘸一点甜面酱，便是母亲的最爱。母亲的舌头上覆盖着厚厚的舌苔，舌苔不是白色的，是黄色的，舌尖部却是深红色。

母亲有时候会伸出舌头照镜子，看看舌苔的模样，同我说，只有这些苦菜，才能让她吃出一点味道。我知道苦菜的苦是苦到心里的。母亲却说，苦菜是甜的。

母亲最不愿过春天，但是又非常渴望春天的到来。

母亲有严重的风湿性心脏病，一个冬季的干熬苦撑，就是盼望天气快点暖和起来。春回大地、万物复苏的时候，隐匿在母亲身体里的风湿也开始蠢蠢欲动，用母亲的话说，草芽生的时候，即她受难的时候。那些酸痛就像是隐藏在骨缝里，四处碰撞，没有任何的章法和规律可循，把母亲折磨得神形俱损。只有夏天才是母亲最喜欢的，然而季节和节气是循序渐进的，母亲甚至说过想到沙漠里去生活，只有那里才是干燥的。我敢肯定，母亲这是被隐匿在身体里的痛折磨怕了。

每年春天，母亲要吃很多中药，无论是中成药还是草药，它们无一例外都是黑褐色的，它们的使命就是与母亲身体里的风湿相抗衡。我知道，这些药很苦，但我从来没有听母亲说过苦，在我给母亲熬药的时候，那些氤氲的水汽释放着浓浓的苦味，把我的嗅觉器官都熏得紧皱起来，母亲总是等药汤稍冷却就一口喝干。不光是母亲，我们全家人都希望这些苦涩的中药能医治好母亲的病痛。

在中药与风湿的抗衡中，风湿一直处于强势地位。最后，我们不得不向西医求治。母亲做过两次心脏手术，都是在春天，一次是在初春，一次是在暮春，两次手术间隔了十三年。然而，母亲离开这个尘世时却是在初夏，是母亲最喜欢的夏天刚开始的时候。母亲说过最喜欢夏天，尤其喜欢初夏晴朗的太阳和清爽的空气，喜欢满地长出蓬勃嫩叶的苦菜。我想母亲选择夏天离开，是想久居夏天吧，夏天可以让她不受春天的痛楚。

母亲离开后，我再没有去野地里寻找苦菜根，也没有再去野地里挖苦菜，我想那些苦菜也应该得到养息了，开花结籽，完成上天给予一个物种的生命轮回。不知道会不会有人怀念那在野地里独自摇曳的野花，苦菜细嫩的茎上，有孤独的小黄花正做出坚韧的旺盛开放的样子。

三

春天的痛依然存在。

这痛分明是刻在心里的，它们从春天出发，开启永不衰竭的旅程。

秋日，天气开始爽朗起来，天蓝得令人心慌，感觉这蓝能穿透所有的屏障，然后那些曾被认为已忘却的痛又悄悄地萌发。

橱　窗

我在橱窗面前站定时，天空还带着白昼唯一的一点蓝色，只有此时的蓝才是让我喜欢的，亘古的黑从那层蓝里蔓延出来，几颗星星做了天空的闪亮贴片，天空开始沉默，用无语的眼神看着天光在自己的怀里渐渐暗淡下来。

现在我一个人站在西北海鲜饺子城的外面，渐黑的天光从我身体上碾轧过去，在瞬间掏空了我隐藏在心里的孤独。从饺子城橱窗斜照出来的橙色灯光包围了我，但我真实地感觉是这光填充了我空虚的身体。天空的蓝色渐渐地消失，在明天，它又会新生。街灯已经开始亮了，它们的光远比天上的星星发出的光来得更迅疾。街灯的出现只不过是幽暗新生的一个启动仪式，幽暗不再逃避，它们迎着街灯，大胆地暴露自己的影踪。我能感觉到这幽暗的启动过程，它们在街灯的光影里流泻着，拥挤着，兴奋地把黑夜渲染得更黑。是的，灯光越明亮，越发衬托黑夜的黑暗，此时我做了它们之间的切割线，光明与幽暗都不愿意从这个空间里退缩，没有丝毫商讨的余地，空间开始变得犬牙交错。

我的身后是一个十字路口，不用回转身，我也能知道这个十字路口的繁忙。汽车开过来时的灯光把我面前饺子城的外壁划割得支离破碎，甚至把同属一脉的霓虹灯光也遮蔽了。它们游移不定，不知道是不是因为我的存在而变得谨小慎微，发动机的轰鸣声四散逃避开来，它们竭力地冲击着我，我阻挡住了它们前行的路线。汽笛声也不耐烦地向我传来，我下意识地回头，果然有一辆汽车准备穿过我站立的位置，停到饺子城划定的停车位置去。我知道，此刻从饺子城那透明的旋转门、洁净的大橱窗里透出的橙黄色的光在诱惑着车上的人们，他们都有些迫不及待了。

我犹豫着要不要走进这家饺子城，可我现在还没有饥饿的感觉，如果在平日，我已经坐在了一张餐桌前，哪怕粗茶淡饭，却很合胃口。在饺子城外面，我并没有闻到饺子独有的香味，即使那些摆放在餐桌上的各种菜品，也只是在用各种颜色冲击我的视觉神经，没有香味的菜品很难诱惑住我，从橱窗里很容易就会看到它们静默的样子，一些细长的筷子在它们的身体上来来回回地停留、退缩。

橙黄色的灯光从橱窗照射出来时，恰好落在我脚尖前，使我怀疑脚尖背离了我的思维。脚尖站在橙黄色光线的后面，只等待一个号令，便果断地迈出第一步，它们在属于自己的平面里自由行动，完全背离了我大脑的意志，从脚开始，然后是腿、腰、身板、肩膀，终点是头部撞线，我完全地融入了橙黄色的灯光里。橙黄色的光线营造了一个更大的平面空间，橙黄色的光线，在我身体周围散发开来。必须承认一个事实，这束光线是我的眼睛先与它接触，再传至我疲累的大脑的。我在这片橙黄色的光线里感到了局促不安，感觉身后有什么力量在牵扯着我，下意识地回转身看马路，我看到不断有车轧过人行横道朝这里开过来，车里人大概和我一样，也是受了这灯光的诱惑，或许还有一个更直接的原因，他们在这个城市的任何一个角落，都闻到了饺子城的香味，而我这个旅人，一个孤独的旅人，只是因为受了这束橙黄色光线的诱惑。

那股神秘的力量依然存在，我的目光开始上行，霓虹灯的光线把天空分离，天空的蓝色已经老去，隐秘生出的夜色在头顶，它们在默默地注视着我的一举一动。

即使我没有点很多的菜品，服务员的脸上也一直保持着一种独有的微笑，矜持、含蓄，把无奈遮掩了。当微笑成为职业习惯时，我没有看懂她微笑里还隐藏着什么。拒绝了她安排在大厅靠里的位置，我径自走到临街的橱窗前坐下，从这里能看到十字路口的全貌，还有上面的一点天空。高楼把那片天空挤成了一条狭长的带子，一颗星星在狭带上闪着微弱的光，提示着人们天空就在那里。我想到了相机的快门，现在这个快门就安装在我的眼睛里，我的眼镜度数不是很高，现在我能清楚地看到外面的状态。

喧哗是一直存在的，只要有人群的地方就会有喧哗。人们在我的耳边发出各种各样的声音。杯盘的碰撞声、咀嚼的摩擦声，还有开启啤酒瓶盖的声音。

很庆幸选择了这个位置，它能让我感觉到这个大厅还有一处安静的地方。吊灯一直散发着橙黄的光线，它们用一种半包围的状态将我搂在怀里，虚拟的温情将我全身包裹起来。当然，也许没有人会注意到一个旅人的存在，他们会认为，我和他们一样都是这个城市的一员，他们不知道我是在今天下午才进入这个城市的，至少现在我看上去和他们都是一样的。如果他们还有更多的想法，或许会想到我也是受了饺子的诱惑才来这家餐厅的，他们一定不知道我还点了一道菜，这道菜在我的家乡一直是我喜欢的，这道菜需要长时间的炖熬，才能有更好的滋味。

窗外马路上的街灯也作美，此时没有亮，橱窗的外面便形成了一个狭小的幽暗空间，这个狭小的空间因为从橱窗透出的光线的影响而变得暧昧不清。面对橱窗，橱窗像镜子一样把我身后的景象映照得清清楚楚，服务员与同伴窃窃私语并不断回头看我，从我们不多的交流里，我的口音向服务员暴露了我的真实身份——一个外乡人。三三两两的食客开始在我周围的桌子落座，我肯定他们中有人看了我一眼，即使我不用转身。他们中有人好像对我产生了兴趣，开始不断地向我这边观望，从橱窗里不断地传递他们此刻的信息。一个小女孩大约是受了大人的影响，开始向我这里游弋，与大人的谨慎不同，她有时候会很直接地跑到我的桌边来，看我一眼，然后迅疾地离去，不待我转身和她打一声招呼。

他们的菜品陆续地上桌，虽然我来得比他们要早很多，但我有足够的耐心去等待。他们也开始喧哗，但奇怪的是，我并没有把他们用餐前的嬉笑和各种问候当作喧哗，反而感觉这很正常。从他们开始进餐时，我才意识到他们将要制造喧哗了，毫无例外的杯盘碰撞声、啤酒瓶盖的开启声、牙齿与各种菜品发生的摩擦声。这期间，开始关注我的那个人，没有忘记我的存在，她一边夹菜，一边向我这里观望，咀嚼的时候也一直观望着我，即使是在安抚那个女孩的时候，她也不忘向我这里看一眼。我知道，橱窗外面没有任何的景象可以观看，只有我的存在引发了她的好奇心，何况这边只有我一个人存在，一个安静的人，我面前的桌子上只有一杯清水，还没有任何菜品上桌，我与周围喧哗的气氛是那么的不相容。

我只是把橱窗当作了一个镜框，大厅里的景象都在这个镜框里依次出现。有时候为了看清刚从旋转门走进大厅的人，我也会转一下头，邻桌的人便会极快地收回盯在我身上的视线。他们或许把我当作了摆在橱窗里的一个静物，把我当作了一幅画，一幅黑白的水墨画。我很愿意为他们的发现增加一点谈资，我就像是摆放在他们面前的菜品，成为他们下酒的佐料。他们在用我听不懂的方言极快地说话，我相信在他们的词汇里有我的存在，这些词汇里定有“这个人”“那个很奇怪的人”“会不会有什么事情的人”，等等。虽然频率不高，但总是会有的。

橱窗外停放着一辆微型面包车，宽敞的前挡风玻璃恰好与我平视。我的眼睛极力从橱窗平面的玻璃望出去，发现在我旁边桌子上的食客，都映照在了面包车狭小的空间里，他们呈圆拱形占据了面包车的空间。每一道菜品的上桌都会引发新一轮的喧哗，他们在喧哗里很满足地享用着，脸上呈现不同的表情；从满足的表情开始，再继续制造更多的喧哗出来。

我不再注意那些注视过我的人，当然他们并不知道我一直在注视着他们，我选择了一种比他们更含蓄的注视方式。一盘水饺、一钵海蛎子炖豆腐在橱窗里出现，服务员为我换了一杯水，我喝下去的时候，舌尖很敏锐地捕捉到了水的温度。我开始用心品味饺子与菜品给我带来的新的感受。此刻我没有忘记看一眼橱窗，橱窗里是我满足的表情。

为一匹马

它是一幅十字绣，绣的图案是一匹马。

我站在它面前的时候，已是中午时分。室内的光线看不明朗。空间也好，时光也罢，我看不出它的喜悲，这让我想到它在此刻是淡然的，有冷漠的气息洇散开来，弥漫在这方狭小的空间里。

它就在那里。那是一面墙壁，墙壁上贴着暗黄色的壁纸，暖色调里却透出时光的苍凉。

这匹马就绣在这小小的空间里，十字绣只描摹了它的首部及脖颈，不难想象，这匹马在这个独属于它的空间里，唯有思考是它偏执的独爱。

从马的左侧有亮光照射过来。那亮光不是太阳，也不是月亮，更不是星星，我比较认可的是这匹马的思维形成的灵光，并固执己见。灵光之下，马的左侧脸部显现出来，其瘦劲的左侧面颊因细长的鼻腔拉伸，将一只眼睛衬托得十分突兀。那束从左侧照射过来的亮光在马的眼里形成了聚焦点，亮闪闪的，如一滴水盈盈不落。我猜想这滴水下落后会变成清泪，它必须极力收敛自己的情感才不至落下，或许只有这点灵光才是它内心的执守。

早年在乡野也鲜见马的踪影，驾辕下地的不外乎是牛、驴，或者是骡子。有一年，生产队里带回来了几匹马，与牛、驴、骡子相比，这几匹马无疑是高大的，也不像它们般总是头颅平视或者是俯首的姿态，马一直是昂着头，它所追求的视觉角度，一直是高远的。大人们围观，我们一帮孩子在外围也能看得清清楚楚。大人们纷纷品评，饲养员说，这是从军队退役的马，还给围观的人们指着马屁股上的一组数字解释着，数字是烙上去的，这是它们的编码，一匹马一组数字，都是登记在册的。饲养员还说，如果这些马丢失或者是死去，是要向上级汇报的。我那时尚不能理解马退役意味着什么，也不知道马被上天赋予了何种使命，直至今日，才觉得它们被车辕消磨了独属于它们的自由的魂灵。

多年前读唐诗，刘禹锡的一句“马思边草拳毛动，雕眄青云睡眼开”引发了我无尽的感慨与叹息。

一个秋日的暮色时分，当我站在进入乌兰木通大草原的拱门前，那个辽阔无边的草原，美丽得令人难忘。

进草原的时候刚进入午后，铁皮制造的空间充满了旅人的喧嚣，并没有因为空旷的视野引发片刻的宁静。拱门前分散着几个简易围栏，围栏前站满游人形成的新的围栏，各色马匹安静地站在围栏里。车子稍作停留便重新启动，向乌兰木通大草原出发。那些马在我的眼前一闪即过。

铁皮车载着游人在绿草如茵的草原上疾行。一条路泛着青灰色，向草原腹地延伸。此时此地，我多希望有一片草原精灵形成的阵团，从遥远的地平线向我奔涌而来，它们凌越于绿草之上，鬃发怒张，响鼻阵阵，把一片无垠的草海搅动得波涛汹涌。当然，这一切是我单纯的念想。

一路无语，原程回返。乌兰木通大草原的拱门前，已显冷寂。夕阳西下，秋寒渐生，空旷的天宇上有青灰的暗云，我裹紧身上的衣服，眼睛眨都不眨地看着夕阳渐渐归隐。几十匹马出现了，它们在牧人的吆喝下，从围栏里挤挤挨挨地奔脱出来，向另一处转移。在牧人马鞭的抽打下，一匹马竟摔倒了，蹄声零碎，马群一阵骚乱，引来牧人更猛烈的鞭击和吆喝。

那匹摔倒的马费了很大的力气才重新站起来。我看到它的腿部有些异样。起初，我以为是摔伤的结果。仔细观望之下，那些没有摔倒的马都和它一样，都在以一种奇怪的姿势奔跑。它们的两条前腿无一例外同时离地，后腿交换跳跃。它们奇怪的奔跑方式激发了我的好奇心，迫使我眼睛不眨地盯紧它们抬起的前腿。我向它们走得更近一些，它们在我的身前绕了一个弧度，跳跃而过。我看得真真切切，一截绳索将它们的两个前蹄连在一起，这才迫使它们有了舞步般的跳跃。我的心抽紧了，寒冷的暮色将我围住。我承认，那时刻，我的思维出现了短暂的麻木状态。如果不是近距离的观察，我还以为只是围栏囚禁了它们可以在草原疾驰的魂灵。

从草原回来后，那件事在我的心里沉积了很久，我曾试图寻出各种理由为人们给马设置的种种障碍进行开脱，可终不能消减半分心慌的感觉，直到今天。

在今天之前，已有多久没有看到马的踪影，我的脑子里没有一个清晰的时间概念。

我曾在瞬间想到，我也如那匹摔倒的马一般，在时光里独来独往，日渐羸弱的身躯，在不堪重负的时光里已消磨了几多青春。

今日，看到十字绣上的这匹马，它的忧郁，它的悲悯，它的冷漠，都如真实存在一般，在这个普通得不能再普通的空间与时光里，我与它对视。此刻，马有灵光为向导，欲做穿越黑暗的准备；我以马为向导，期待黎明的到来。

此时此刻，我读懂了它，或者说，是它读懂了我。如此而已。

十字路口

十字路口在我工作的小镇上。

我住在另一个小镇。两个小镇隔得很近，从我居住的小镇到我工作的小镇必须经过这个十字路口。

一方地域必然有一个小镇作为代表的，是这方区域的中心地带。一个小镇在中国行政版图上，可能只是一个点，不会有任何描述它的文字存在，也有可能因为所处地理位置的优越性，会有几个字描述它的存在状态。我工作的小镇位于进入胶东半岛的门户地域，属于国家重点建制镇，先天的地理优势，使它在中国的行政版图上有一个属于自己的称谓——沙河镇。

如果把胶东半岛比作一个家园，沙河镇就是它的北门，206 国道从这扇北门穿过，构建了这个十字路口的主动脉，从我居住的小镇延伸出来的路，与 206 国道穿叉会合后进入沙河镇，又构成了这个十字路口的支脉。因此，这个十字路口呈现给人们最直接的感觉就是开阔且繁华。

从我春天到这个镇子上班以来，每天早晨七点三十分，我们的车子准时从这里穿过十字路口，进入沙河镇驻地；每天傍晚五点十分，又从镇驻地出来，向西奔向我居住的小镇。有时候车子会在十字路口稍作停留，有时是在路口的西边，有时是在路口的东边，一般这时候都是遇上了较大的车流，阻碍了我们穿越的时间。我们只能等待，这时候我就会感觉这个十字路口过于狭窄了，它应该再大一些，或者可以安装上信号灯，统一指挥过往的车辆。

市政府在近几年每到年终总要在机关工作人员中征求为民办实事的建议。我和我的同事都把在这里安装交通信号管制灯作为第一建议上交。这个十字路口狭窄，熙熙攘攘的车流、忙忙碌碌的人流，都会在交通高峰期互相争抢，各不相让。也曾看到过几次车祸，支离破碎的场景，甚至在心里留下了阴影，每次经过这个十字路口，总要提起十二万分的小心。建议连续提交了三年，信号灯没有安装上，我和同事却同时调到了沙河镇工作，这不能不说是一种缘分。

信号灯到现在也没有安装上。2006 年的时候，206 国道重新修整，从两车道加宽到四车道，十字路口也随之加宽，十字路口四方临街的建筑全部后退，转弯处从直角改成了椭圆，极大地开阔了交通视野。

在十字路口的东南角，是一个新建的住宅小区。以前这里是一家县级国有企业，生产硅酸盐水泥，现在已经破产。沿拐角向南是一家商务酒店、几家装载机配件销售网点；向东则是几家小型超市、几家小型餐馆；西南角全是二层的商业楼，拐角向南有一家 KTV，还有一家运输车队、几家小型的汽车修理门面。向西全是餐馆，餐馆经营着水饺、包子、面条等。有几家豪华的大型酒店分立路的两边，如是夏天，酒店将烧烤的摊位移到门外，各种熏制品的气味夹杂着食客喧哗的酒话扑进敞开的车窗，穿着雪白衬衣的侍应生在各个餐桌之间游走奔忙。现在已是冬天，傍晚回家的时候，车窗外那些霓虹灯的五彩的光映照着停靠在门前拥挤的车子，侍应生卖力地指挥着车子停到车位上去，我坐在车内忍不住打了一个寒战。

在十字路口西北角，一家小型汽车修理厂占据了这个圆角位置，向北又出现了一家商务酒店，再向北便是一家私营的车站；十字路口的东北角则是交通管理站，一栋安静的绿色小楼，一些私营的出租车占据了马路边。向北是一家大型的车站，以前是国有，现在属于交运集团；从交通管理站继续向东是两家摩托车销售中心、一家电动车销售部；再向东是老街区，沙河大集的原址，算是老商业街了，临街旺铺看不到平房，全是楼层建筑，有二层的，也有三层的，甚至是四层的。

十字路口的四方是不同的建筑，不同的经营项目，但有一点是相同的，每个路口都是临时停车点。早晨，如果遇上车流拥挤，不得已稍作逗留的时候，便会听到售票员在卖力地吆喝着客车将要到达的终点站城市的名字。那些过路的长途车、短途车、零担车都在此稍作逗留，它们的每次停靠，都会引起一阵骚动，那些私营的出租车司机都会蜂拥而上，生怕错过了每次赚钱的机会。

那年春天，我到沙河镇上班的时候，总感觉这异乡的十字路口让我感到陌生。我有过不多的几次外出机会，站在异乡的十字路口，我感到逢着的每个路口都是陌生的，带有点点的雾霭般，沉重地压在自己焦急的心头。眼里的异乡是灰色的，没有丝毫鲜亮的色彩。在这里工作将近一年了，现在才从心里接受这个事实：我也算是半个沙河人了。我从心里接受了这个十字路口，接受了沙河镇，在我想要为沙河镇写点什么的时候，首先就想到了这个十字路口。

我曾经在西边的路口等待通行的时候，看到那些异乡人，我从心底里不想称呼他们为农民工，因为我们这里尚属农村，不是城市，我没有丝毫的理由这样称呼他们。他们是异乡人，操着和我们不一样的口音，穿着用于出远门的衣服，那样的衣服款式在我们这里已经很多年没有看到了。他们从鲁南或者是鲁西南，再或者是更远的外省，千万里奔行来到胶东半岛，到这里来寻找属于他们的财富。在这个十字路口，长途汽车扔下他们又径自离去。一切都是迷惘的，唯有一个异乡真真实实地矗立在眼前，一个随身的大塑料编织袋装了他们所有的家当，他们携带着满身的蛮力和一家人的憧憬来了。

由这个十字路口，我想到天底下所有的十字路口，它们负有同样的使命，用于连接不同的世界，那个世界不是童话天地，它与自己的家乡存有本质的不同。

后来有一次，我从居住的小镇坐公交车去市里，时间已是深秋，同车的有一对异乡的父子。我居住的小镇盛产原盐，每年春天，这些异乡人如候鸟般飞回小镇，辛勤做工十个月，然后揣上老板发的不菲的工钱高高兴兴地回家。那位父亲是个干瘦的老人，头发苍白，留了一撮灰白的山羊胡子，精神尚好，说话时，那撮胡子便配合着他的嘴巴上下翕动。在和售票员断断续续的交流中，我知道他们来自沂蒙老区，那位父亲已年过六旬，这次陪儿子一起出来，就是想尽己所能帮衬着儿子多挣些结婚用度。

客车在十字路口东北角的临时停车点停留，他们下车换乘去临沂的车。儿子先下车，把堆放在发动机盖上的两个大编织袋拖下车，老人在后面把一个装了半袋子东西的塑料袋子提起来也跟着下了车，看得出这半袋子东西很沉，售票员说，装的是盐吧，老人说是的是的，回家腌咸菜。儿子去北面的交运集团买票。老人看着货物。我坐在车窗边，听到老人自言自语：今天就能赶回家了。末了，嘴里哼起不知名的小调。想必老人是在为自己和儿子将回到家而高兴吧！

我不多的几次外出机会，都是从居住的小镇坐车到这个十字路口转车，有时向东北方向，有时向西南方向。这里连接着我要去的城市。一起候车的人，无不对将要到达的目的地充满渴望。那里或许有自己以为能挖到的第一桶金，或许有久别的家乡和亲人。候车的时候，不断有长途车在此停留，车门打开，奔走在异乡的旅人满带着欢喜下来，家乡的气息让他们内心涌动欢喜。从异乡来的人在下车的瞬间，便是先四顾一下这处异乡，辨别方向，抬起头看看天，是和家乡一样的天空，和家乡一样的太阳。

我不想做异乡人，也不想久处异乡，我顺着家乡的十字路口走向异乡，也顺着异乡的十字路口寻找回家的路口。

倘若你在家乡的十字路口逢着一个独自徘徊的旅人，他紧紧地盯着来来去去的车流、人流，眼里满含着焦急的神情，那个人可能就是我；倘若你在异乡的十字路口逢着一个独自徘徊的异乡人，他只是盯着来来去去的车流、人流，用审视的眼神观望着，而不急着离去，那个人可能就是我。

我知道，这个十字路口连接着大地上所有的十字路口！

时光暗影里的皱纹

雨丝开始滴落，是一场秋雨。

透过二楼的窗户，我看到雨丝不紧不慢地飘落，疏密有致，像是它们在下落时，云层里有一双无形的手已经排列好它们的顺序。一滴一滴，穿过梧桐树开始稀疏的叶子，轻轻地敲击着窗外那座老屋的屋顶。灰黑的瓦垄开始泛起光泽，是一种久远的透亮的黑，好像它们在此刻又焕发了青春一样。雨水顺着瓦垄细密的纹路潺潺流淌，然后，穿过瓦当，如同珠帘，顺着紧闭的门扉、破败的花格窗户，还有斑驳陆离的檐墙落下。

二楼的高度既适合远眺，又可以近观。那些灰黑的屋顶层层叠叠地出现在二楼的窗户外。灰黑屋瓦形成的脊垄，积攒了厚厚的风带来的灰尘，灰尘上生长了一种红中透绿的苔藓植物，长着针形的叶片，叶片多汁，几乎是透明的，嫩嫩的，还泛着光泽。有的脊瓦被厚厚的苔藓覆盖，失了水分的苔藓蒙着一层厚厚的灰尘，看不出它们是绿色的。现在，雨水来了，生机也就一同来了。

窗外的老屋是一座空宅，从我住进这幢新建的住宅楼起，就没有看到过它的主人。春天的时候，老屋院子里的花草树木开始苏醒，然而这一切给老屋带来的生机是杂乱无章的，更显现出老屋的颓败与荒凉。有时候也会有小鸟在梧桐树上停留，啁啾几声便会飞走，鸟儿也不能消受这里的安静。一枝凌霄花开始攀缘上升，顺着那些灰黑的瓦垄，把老屋的屋顶遮掩了大半。夏天的时候，红色的凌霄花开始绽放。绿色的叶片、灰黑的瓦垄、满园的荒草。当然，还有那株长着茂盛叶片的梧桐树，填满了这个荒败的空间。

这里还算不上是城乡接合部，住宅楼的高度给了我一个可以用来眺望的空间，这个空间使我能清晰地看到这座毗邻的老屋，还有老屋附近的村落。村落还没进行新的规划，很好地保留着原始的状态。这种原始的状态保存了旧时人们对风水的认知程度，注重细节的父辈、母辈，或者是更久远的先辈，对于风水是奉若神明的。这家的窗户对着那家的院门，那家的烟囱在这家房屋的后面开始冒出炊烟。那些随意穿行而过的风，那些任意下落的雨，把村落的时光悄无声息地带走，没有丝毫商讨的余地。

在我住进现在这幢住宅楼前，在这个村落里曾经有一个属于我的私人空间。这个空间隐藏在村子的偏西位置，那里寄存了我许多的童年时光。如今，从二楼望出去，只能隐隐约约地看到它的一截檐角。

村子的中心位置有一处大宅，说它大，也就是比别的老屋的檐头高出那么几尺，颇有鹤立鸡群的感觉，但这样的高度已经显现出主人的与众不同。大宅是一色的青砖垒砌而成，在古旧的村落里更为醒目。都是一个村子住着的街坊，大宅的主人也没有做一些盘剥乡邻的恶事。记忆中，在我们小时候，大宅的周围是我们最好的嬉戏地。

捉迷藏也许是孩子们认识这个村落的最好方式。一帮还穿开裆裤的孩子，小小的心已经开始不安稳起来。“包袱剪刀锤”，决定出一个寻找的人，然后其他孩子作鸟兽散，在自认为能更好地隐藏自己的地方躲起来。我在这样的游戏中总是那个寻找的人。我一个人孤零零地寻找，几乎总是以失败告终。找累的时候也会玩一个小把戏，大声呼喊“我看到你了，出来吧”，几乎所有小伙伴的脑袋从你想象不到的地方伸出来，也许是谁家的猪圈，也许是谁家的草垛，还有人躲在一家废弃老宅的院门后，从破碎的门板洞里透出狡黠的目光。看多了早期的枪战片，学会了那些游击队员的藏身技术。有时候也会出现一些意外。比如，我忘记了寻找，然后招来小伙伴们的不满。

进入秋季，天气开始凉爽起来，已经不能去池塘洗澡、扎猛子了。大宅的周围又成了我们的天地，捉迷藏的游戏几乎天天都在进行。我也开始长大，开始对周围的事物表现出更大的认知欲望。在我又一次把头伸到大宅的后檐墙上时，一股气味冲进了我的鼻子。腐烂的气息里夹杂着一丝清新，还有一股说不出的味道，我睁开了眼睛，一些不规律的图案进入我的双眼。大宅的檐墙是用白灰粉刷的。在过去的雨季里，无数的雨点渗进它的躯体，显得十分阴凉潮湿，屋后高树形成的绿荫，使得白粉墙生出了一层若有若无的苔衣。那时我还不知道水粉画以及油画，但这些不规则生长的苔衣给我带来最原始的视觉冲击。我忘记了寻找小伙伴的事，竟花几个小时盯着苔衣想象出一些虚拟的图案。有时候，这些图案会在光影变幻中失去踪影，但这些并不能阻挠我想象的乐趣，感觉这样的寻找相比捉迷藏更有意思。

我曾做过一次险事，那是我唯一的一次躲藏经历，我兴奋不已。为了让小伙伴找不到我，我顺着胡同跑出了村子，当时我并不知道自己是如何跑出村子的，那些弯来弯去的胡同，在那天是那么的清晰。有时候在村子里玩耍，我也会找不到回家的胡同。那天我走出了村子，这是我在这个村子出生以来第一次凭自己的双脚真正意义上的走出了村子。胡同虽零乱却也有它的规律，这些规律需要我慢慢去认识。就像是了解我们的躯体一般，那些脉络，那些器官，虽然是自己身体的一部分，却也需要我们自己慢慢地去体会它们的功能。

因为那次跑出村子，几乎惊动了全村人来寻找我，大人都以为我在村子的某一个角落睡着了，他们不知我已经走出了村子，那是我有生以来躲藏得最成功的一次。到傍晚的时候，我已经站在自家的门外了。那些弯弯曲曲的胡同送我回到了家。现在，即使我闭着眼睛，也能在村子里走上几个来回。

我宁愿一直生活在村子里，闲暇的时候，顺着那些胡同慢慢地走。胡同两面的墙壁上都生了苔衣，新苔衣盖住了旧苔衣，层层累加，年年累积，已经有了相当的厚度，作为岁月的印记，它们呈现出了暗黑色。我曾经看到一幅山水画作品，画家构思简洁，却充满想象力。宣纸上方是淡淡的喷墨，喷墨参差不齐，像笼罩的遥远天光；下部是浓浓的喷墨，似浑厚的土地，厚重深沉；中间部分留了大片的空白，在这个空间里不见飞鸟与花草，这个空间充分考验着看客的想象力。我首先想到了那些胡同，那些胡同与这幅山水画作品如同一个版本，没有丝毫的偏移，它们给我上了今生的第一堂美学课程。

有时候，我会沿着一条胡同一直走下去，我渴望在走的过程中，能与村子最原始的隐秘部分相遇，那些原始的元素充满神秘，迫使我在每一条胡同里进行寻找，欲罢不能。然而我探寻到的只是一些琐碎的生活片段，这些片段也许能与某种神秘元素衔接，胡同只是一条线，这条线连着一条更加隐秘的看不到的线，线头握在一只看不见的手里，把村子牵引向未知的未来，而我只是这条线上最小的一个针脚。当夕阳斜照进胡同时，乡村在昏黄的光晕里变得更为安逸。很多年以后，我都会在不经意的时候想起那些时光片段，炊烟袅袅，游鸟归巢，农人还家，真真切切的田园生活。

安逸也会被打破，我原以为我的童年、少年时光会在这种安逸中一直走下去。简单的生活，纯朴的乡邻，就像是那些挨挨挤挤的房屋，互相依靠，相互支撑。我开始试着以自己的认知方式寻找发现生活美好的规律，却并不知道规律也会被打破，所有美好的生活其实并没有规律可循。后来，我沿着胡同走出了村子，接触到更多的生活方式。

很多时候，我想走下我居住的二楼，重新走进那个曾经属于我的村落，但如今那个空间已经不属于我，只好作罢，还好有二楼的窗户给我以视觉和想象的慰藉。

金沙路

一个名字如果承载了人们厚重的期望，它会不会有不堪重负的感觉？何况，它代表的还是一条不能言说的马路。我能问，它却不能答。人们有意识地扩展这条道路，铺上厚厚的水泥灰浆，使它作为一条道路的功能更加完美，使它平展、宽阔、光洁。我只能是站在它的一端，望向它的另一端。

单位坐落在沙河镇的金沙路上，我来报到的那天，在此工作多年的同事告诉我这条路的名字，那个名字在阳光很好的正午瞬间冲击了我的耳朵，我能感觉到它的硬度。我想，起初镇子管理层的人们借用这个“金”字给它命名，肯定满含了人们对它的期望。我把这个名字念了很多次，我感觉到了它的透亮、吉庆。

金沙路在镇子的南面，每天上班，我都会从镇子的西北方进入，然后顺着镇子的第一条南北主干道继续向南，越过府前街，在第二个大十字路口向左转，这就是金沙路，呈东西走向。我刚到这个镇子的时候，没有看到矗立在十字路口东南角的那块路牌，毕竟，一个新的工作单位比一条马路更让我充满期待。

我一直保持着一个习惯，到了一个新地方——我不想说是陌生的地方——我喜欢在这个新地方四处走走，是那种很纯粹的行走，用自己的脚步带着自己的眼睛去发现新地方有别于他处的韵味。这样会增强它在我脑子里的印象，还可以发现别人不曾注意到的一些现象。这些现象隐藏着一些实质性的东西，比如，人文、风情等。这些东西没有人能告诉我，何况每个人认识问题的角度不同，这就注定一个地方给每个人的印象也会千差万别。

现在我站在了这块路牌边上，我站立的确切位置是在路牌的北面，它几乎与我的身高相同，我只需与它平视便能看清它的模样。路牌是用花岗岩石桩搭成的框架，框架的横梁上面是用红色油漆书写的楷体的“金沙路”，框架里镶嵌了一块灰黄色的大理石板材，上面用红色油漆书写了陶行知的名言：“行是知之始，知是行之成。”它的另一面则是《周易》中的名言：“天行健，君子以自强不息。”冷漠的石材因为文字而带了淡淡的文化色彩。路牌落寞地站立在这里，金沙路也如它一般静默。

转身向北，宽阔的马路北面是汉正街北方大市场，金沙路即是因了这个市场而诞生。沙河镇是国家级建制镇，有闻名全国的沙河大集，位于264国道的黄金地段，以烟台为根基，西接潍坊，南连青岛，是名副其实的金三角地带。南方的投资商看重这里的地理位置，也看好它的发展前景。有时候，人们的期望值会过高地衡量一个事物的产生，汉正街北方大市场是经济高速发展下的一个产物。

大市场的建筑全是两层的小楼，我来的时候已经是午后，春日阳光和暖，小楼的墙面洇出淡淡的黄色。我走了几栋楼，也许是中午的关系，有很多的商家没有开门，也没有见到购物的人们，只有那些门牌和户外的广告牌在阳光里林立着，虚拟着大市场的繁华景象。

金沙路上有三家行政执法单位，一家最基层的国家司法机关，它们都是上级的派出机构。与汉正街北方大市场相邻的是沙河派出所，是三层的楼房，底层的墙基粉刷了深蓝色的墙漆，黑色的铁栅栏围墙，来回走动的电动门闭合了这个大院，不管是远观还是近视，它都给人一种严肃、稳重、大气的感觉，交警大队三中队与派出所紧挨着。三中队没有深蓝色的墙漆，也就没有让我产生逼仄的感觉，如果不是大门外的那块牌子，还有那些交通警示标语，谁也不会想到这个大院也是隶属于公安系统的。

继续向东走过私家楼房便是我所在的工作单位，与我们单位东边接邻的法庭，刷的都是米黄色的墙漆，让我想到太阳的颜色，还有庄稼成熟饱满的颜色，这个颜色温馨、温暖、温情。我用了三个带温字的词语来描述这种感觉，这一点是很亲民的。其实，在说到前面的派出所的时候，我觉得它们的墙漆颜色过于深沉，在我走近它的时候，没来由地会产生紧张的感觉，不知道有没有人跟我的感觉一样。

这条路上还有一所学校，学校的大门开在南面，严格来说学校不属于金沙路，它只是有一个后门通向这里。后门很小，是单扇的铁门，顶多有一人高，大多时候是关着的，只有中午的时候才打开，方便学生们从后门出来到金沙路上的超市买东西，或者是到快餐店吃饭。

一家 KTV 在学校后门的西面，这里是金沙路最繁华的路段，KTV 的大门隔着马路与交警三中队斜对，每天中午以后都会有很多的车子停在门外，一直到我下午下班回家的时候，这里的车子不见减少，反而有增加的趋势。

作为一条路，一条因为一个大市场诞生的路，金沙路是需要繁华做铺垫的，好在现在是春天，那些灿烂的繁华正跟随着夏天向这边稳稳地走来。我也将继续在金沙路上行走，直到我离开这个小镇为止。

2008，一些痛在逝去的路上

生命中有些记忆本就如此，泛着苦味，亦如眼前这杯苦丁茶，因为苦，那些与痛有关的记忆或许会变得麻木。茶杯是白色的，很纯的白色，如凝脂般细腻，透出一种近乎让人怜爱的精美。掀开杯盖，水汽瞬间布满眼帘，白色的开水已经变成浅绿色，一枚孤零零的叶子在杯底静静地躺着，如同一个孤独的灵魂正默默地与我对视，它已经从墨绿色开始向新绿过渡，如同我此时对那些痛的记忆。

我曾经想过，如果我会分身术该多好，这个想法从 2007 年就开始有，一直在我的脑子里待命，在我因为忙碌得一塌糊涂而得不到片刻歇息时，就会死灰复燃，也仅仅是一下，不敢再继续去想这样荒唐的事情，因为没有足够的时间让我任思绪信马由缰。我必须保持高昂的战斗姿态。是的，就是战斗姿态。每次母亲住院，我就像一个冲锋陷阵的战士，从 2007 年春节后到现在，我一直保持着这种姿态。家里专门准备了一套住院的工具，钢丝床、棉被、电热毯、饭盒、羹匙、坐便器、纸尿裤、卫生痰盂、毛巾、牙膏、牙刷等，最重要的是一套牙科用具，以及我自己配制的止血药粉，这是我随时用来处理母亲牙龈和鼻腔出血用的，还有一些零碎的用具，我现在几乎不能全部想起，当然还必须有一定数量的现金，这个量随时更新，它与母亲病情是成正比的。

母亲是风湿性心脏病，对于天气的变化非常敏感，每逢天气变冷，母亲总是提前几天就会感觉到身体不适，肌肉酸疼，骨头里像是有一种冷冻的液体在穿行。今年春天南方风雪天，地域相隔这么远，身在北方的母亲也是早早地预知了，那时我们已经住在医院的心内科病房，母亲血氨升高又处于肝昏迷状态，那些维持母亲生命的液体，通过一根细细的塑料管子，不断地向母亲的身体渗透。

每晚七点，父亲都会从五楼下到底楼，那里有一台电视机，一到七点父亲会准时收看中央电视台的《新闻联播》，看完后，再回到五楼，把看到的新闻简要地跟我复述一遍。

第一天，父亲说雪下得真大，南方竟然也下这么大的雪。母亲躺在病床上，什么话也不说，一直处于昏迷状态，我正在给母亲做全身按摩。

第二天，父亲说雪还在下，如果这雪下在我们这里多好，地里已经缺水了。母亲躺在病床上，还是处于昏迷状态，我正在给母亲擦洗身体。

第三天，父亲说老天爷，雪还在继续下，照这样下去会遭灾的。母亲今天的情况不错，已经有了自主意识，听到父亲的说话声，长长地舒了一口气，我正要去叫护士换吊瓶。

第四天，父亲说真的受灾了，雪怎么会全部跑到南方去了。母亲已经能坐起来，我把病床摇起来，母亲昏迷了四天，今天醒了过来，她想坐一会儿。

母亲已经做过两次心脏手术，中间相隔了十三年，第一次换了二尖瓣，主动脉瓣成型。第二次重新换了二尖瓣，又换了主动脉瓣、三尖瓣，肺动脉瓣成型。第二次手术不到两年就出现了瓣膜衰竭现象，引发了严重的右心衰，现在已经到了终末期。为了尽可能地挽留母亲的生命，我们就不断地在家和医院之间奔波。

母亲醒来的第一句话就是问我："你又有几天没有睡觉了？"因为还没有完全清醒，母亲的眼神有些呆滞，定定地看着坐在病床前的我，语音含混不清，但我能听懂。母亲从不问我她又昏迷了几天，也从不问我有关她的病情，总是担心会累垮我。母亲清醒的时候，曾经告诉我，如果她再犯病，就不要来医院了，母亲比我们都了解自己的病情，但我做不到，每次出现血氨升高的状况，我都会立刻把母亲送往医院。

第五天，父亲回来说，南方受灾严重了，这场雪不知道会冻死多少人，那些输电钢塔和输电线都被雪压塌了。这天母亲的意识比昨天还要好，听到父亲说到雪时，不禁打了一个寒噤，病房是中央空调，温度一直在摄氏三十度左右，我拿了羽绒棉衣给母亲披上。自从母亲醒来后，就不愿意再在病床上躺着，父亲给我说，白天我去上班的时候，母亲在他的搀扶下下了病床，母亲在病房的窗户前站了一会儿，后来是父亲把母亲抱回床上的。我知道，母亲不愿意待在病房里，更不愿意窝在病床上，一个在农村忙碌惯了的人，是不会愿意让自己闲下来的，即使是身染重病。

今年正月初一，街坊四邻都来给母亲拜年，母亲很高兴。往年，母亲都要挨家挨户回访，即使是这家的辈分很低，母亲也要去回访。母亲说，这是人之常情，人必须走动起来才亲热。正月初二天气不错，天气很晴朗，但也有冷风不断地刮着，毕竟还是冬天。清晨起来，母亲就在火炕上叫我："把你年前给我买的新衣服拿来，我要出去走走。"母亲在家里憋闷得太久了。但我不答应，即使天气再好，母亲的身体弱不禁风，感冒了就会有生命危险。母亲就在火炕上发脾气，然后就不起来吃饭，像个小孩子一样。没办法，我只好答应母亲等中午太阳火力劲儿大的时候就带她出去转转。

其时，南方的风雪还在继续，我从电视上看到救灾人群的身影在白雪里晃动。阻隔在车站、机场不能赶回家团聚的旅客，满脸都是焦虑和急躁的神情。我在想那些生命是如何与天灾抗争的，包括我此时身患疾病的母亲。好像是与生俱来的动力在支撑着他们，人和自然都是一样的，有些东西在痛过之后，便会彻底地激发出来，让我们的内心为之兴奋和颤动不已。

中午的天气开始温暖起来，我以为母亲会忘记我的承诺，谁知吃过午饭后，母亲就开始拾掇，穿着我年前给她买的衣服。彻底没法子，我几乎把母亲包在羽绒服里，只留了两只眼睛可以看看外面的世界。我搀扶着母亲走出屋门，母亲站住，很深地吸了一口气，然后再一口，抬起头看看天上的太阳，还有刚刚飞过去的一只麻雀。“还是外面的空气好啊。”母亲就说了一句话，我心里却泛起酸来。母亲在家和医院之间已经跑累了，她想歇歇，在一个熟悉的空间里，这个空间就是她经常走的村路，还有村子里的大街小巷。

迈出院门门槛的时候，母亲又停了下来。我听到她的呼吸变得很重，也很急促。我知道，母亲这是累了，从屋门口到院门口顶多有十米，如果是健康人只需几秒钟的时间，但这天母亲和我走了将近五分钟。母亲还是很累，我要背她，母亲不同意。她说，还是踩着地好啊，可以接一些地气。我们就站在院门口，吹过胡同的风不时地过来拥抱一下母亲，我一只手握住母亲的手，一只手架在母亲的腋窝下。母亲尽力地把腰杆挺了挺，然后再喘一口粗气。

院墙外是母亲亲手种植的金银花，已经爬上了墙头，枝枝丫丫盘绕纠缠在一起，枝丫的空隙里还夹杂着一些叶子没有掉落。前年母亲种的香椿树已经高过我的头了。母亲说，今年又可以吃香椿芽啦。走出胡同时，邻家的两只哈巴狗跑过来，向母亲狂吠不止，它们不认识母亲，或者是因为母亲的装束吓着了它们，母亲要抬起脚来吓退它们，努力了几次没有成功，便怔怔地看着它们。大街上已经没有行人，此时人们应该都在家里围了饭桌吃着丰盛的晚饭，从村子北边豁口刮过来的风，裹挟着红彤彤的鞭炮碎屑，顺着长长的水泥路向村子的南面狂奔。我要搀着母亲回家，母亲没有动，她想在这里多站一会儿，这里曾经留下了母亲许多的汗水和身影，包括数不清的脚印。后来，我把母亲背回了家，母亲和我说，她是真的走不动了。我弯下腰去，把母亲背在身上，我竟然感觉不到母亲的分量。我不知道还能像这样背母亲多久，我不敢想象，生怕那些隐匿的痛在瞬间击垮我。

春天终于来了，我希望母亲在春天会好起来，就像是南方的风雪，在春天来临的时候，那些被风雪覆盖住的生机都逃脱出来，那些积雪覆盖下的伤痛经过阳光的照耀会彻底消失。我也希望母亲能像春天一样，从冬天的魔咒里脱离出来，希望那些病痛在拼命挣扎过后，也会彻底地从她身上消失。然而，总有一些东西是我无法预知的，生命、伤痛、瞬间、永恒等等，以及过于深奥或者是一些简单的物质，它们在暗处泛着思索的气息，或许是它们也不能有一个明确的解释或者是答案。

五月该是一个多么美好的季节，鲜花盛开，盛夏即将来临，那些充盈枝头的果实，鲜明、鲜美、鲜活，我不知道应该用怎样的字眼来描述那些充满活力的生命，每一个生命个体的怒放给予我的都是一种奋斗的信心，这个信心可以使我陪同母亲在生命线上顽强地行进。

我这样想着时，母亲已经在心内科住了一个星期了，母亲一直昏迷没有清醒过来，因为这里的医院没有了血液试剂，我拿着母亲的血样去了外县市的医院做血氨化验，晚上回来时，从底楼的电视机前走过，听到播音员说汶川地震了，那些残垣断壁铺天盖地般涌入我的眼帘，那些画面砸痛了我。那一天是5月12日，后来这一天被很多人称作黑色的日子，充满了死亡的气息。

回到病房和父亲说了化验结果，父亲叹一口气，然后也说了汶川地震的事，父亲又叹了一口气，此时对于“死亡”这个字眼，我和父亲都不敢说起，但是我们心里都明白，母亲的病一次比一次重，这是心力衰竭的必然进程，谁也阻挡不了。这次住院，负责诊治母亲的主任已经很明白地告诉了我，让我要有心理准备。

地震是我们无法预知的，它的猝然来临，让时间在瞬间凝固；而病痛是一种慢性毒药，慢慢地释放毒素，然后在身体达到承受极限时，便掏空所有的期望，这两种痛苦我都不愿意看见，也都不愿意经历。

第二天，也就是 5 月 13 日，住院医师根据血液化验单重新调整了药物，给母亲降血氨的药开始加大剂量，虽然在这之前，我坚持认为是血氨升高导致的昏迷，但医生坚持要看化验单说话。同时增加的还有呋塞米、环磷腺苷，呋塞米强心利尿、环磷腺苷营养心肌。

一夜无眠，第二天我去上班，父亲值白班，我下到底楼，电视机前围满了观众，我稍作停留，电视报道说已经有军队进入汶川，开始有伤亡数据和灾情状况传出，数据和灾情连接着一个个无常生命的消失，以及一座城市的哀伤，甚至一个国家的哀伤，这种哀伤布满了各个角落，就像是那片震后的废墟一样，人们的心里都有些错乱、破碎。

晚上有雨，电闪雷鸣。这是一场没有预报的雷雨，大雨猝然而至了。

5 月 14 日，一夜的风雨在清晨消失得无影无踪。医院正开花的树因为昨夜突如其来的风雨，落了许多的残枝败叶，粉白的樱花瞬间从枝头消失，地上也难觅其踪影。雨后的空气很好，连日沉闷的气息逐渐消散，我沉闷的心情也变得明朗起来，我想象着医生调整用药后，母亲会很快清醒过来。

今天，母亲的鼻腔又出血了，这次出血量很大，我用尽了所有的办法也没有止住，无奈只好求助五官科大夫来处理，他们用油纱蘸着我配制的止血粉狠命地堵住了母亲的两个鼻孔，母亲受了刺激，昏迷状态下抬起手把大夫的手挠了一下，然后继续昏迷，不过换了嘴来呼吸。

晚上还是有雨，电闪雷鸣。

5 月 15 日，天气放晴，医院的草坪泛着油亮亮的绿色，不似前段时间那种苍白的绿，现在变得很厚实，那些树的叶子也在太阳底下泛着油绿的光泽。

今天，医生继续给母亲开了降血氨的药物，增加了药量，并且开始用微量泵泵入多巴胺、奥曲肽，多巴胺扩张肾脏血管，配合呋塞米加强利尿效果，奥曲肽止血。

晚上还是有雨，还是电闪雷鸣。

5 月 16 日，天气很好，清晨天上就没有一丝的云彩，天空呈现墨蓝色，后来出了朝霞，殷红殷红的，一会儿又变成玄妙的金黄色。早晨六点，主任突报母亲病危，原来还可以勉强运行的呼吸系统也出现了衰竭，这是母亲继心衰、肝衰、肾衰后的又一重要器官宣告罢工，已经没有任何的措施可以救治。我表明继续救治的想法。主任一双圆而小的眼睛，发出悲悯的光，透过老花镜的上缘紧紧地盯着我，用一种不用质疑的口吻和我说：“现在回家还来得及。”我只好回单位开车。我回来时，母亲没有等我，她先走了。病床周围围满了心内科的所有医护人员。母亲把痛留给了我，我被痛彻底地击倒。

接母亲回家，这是必须的。我把母亲接回了家，晚上没有下雨，天上有月亮，地上洒满了惨白的月光。

5 月 17 日，我护送母亲去了殡仪馆。依我们这里的风俗，孝子是不能去殡仪馆的，但我坚持去。帮忙的老人叹口气，说我是村子里的第一个，他们应允。下午回来后，母亲入土为安。

晚上，下雨，下了很大的雨，电闪雷鸣。

头七没有过，我就回到了单位，同事们都在谈论着汶川地震，我也开始关注各类媒体对汶川地震的报道情况。

后来，市局发动干部职工捐款，我捐出了三百五十元，这个数额是市局制定的上限标准。

再后来，这些痛慢慢地从眼前消失，却在心里生根。

然后是现在，我坐在午后阳光下的办公室里，凝脂般的茶杯冒着缕缕热气，杯盖倒放在茶杯的一侧，杯盖里有凝结的水珠在缓缓地凝聚。阳光透过窗棂，在地面划割成不规则的几何体，如一块碎花的轻纱，包裹了我面前的一切，还有我，多希望这些几何体能将那些痛一起包容，然后隐于旧时光里。

文峰凝墨

一

国人都喜欢将道观庙宇作为祈福的圣地，我也不例外。

每到异地，总爱到这些圣地走走看看，敬几炉香火，许几个心愿。走的庙宇道观多了，便发现了一个有趣的现象，众多的道观庙宇大多建在秀山幽林之间。

刘禹锡《陋室铭》说：“山不在高，有仙则名。”这句话在国人的心里已经形成了思维定式。不管这座山高矮，只要有了神仙，就会成为一座名山。而道观庙宇理应是众仙的栖息地，也是他们的修炼场所，因而，即便是一座再小的山，也会因为道观庙宇的存在，而吸引世人朝觐的脚步，山得以扬名天下。

因此，山成了名山，静穆幽邃；庙也成了古刹，神秘玄妙。名山大川与道观庙宇相得益彰，二者相互帮衬，相互扬名。

剔除神秘玄妙的面纱而得以扬名天下的山有吗？答案是肯

定的。我所知道的，文峰山便是一例。

我是在一个秋日的清晨抵达文峰山的。天气已经有了丝丝的凉意，太阳还没有出来，空气中弥漫着层层的薄雾，山脚下的田野如同一幅淡彩的水墨画，而文峰山似一位历经百世沧桑的老者，默默地注视着这世间不断变换的景象。

一座山必定有进山的山门，文峰山也不例外。走过一段持续上升的山路，便隐约见到一座有着三个拱顶的牌楼，这便是文峰山的山门了。

牌楼建在文峰山的北麓。牌楼上书写了“云峰”两个大字，是镏金的，而不是墨色，这一点颇出乎我的意料。牌楼自然是后人修建的，至于缘于何种原因修建的这座牌楼，没有人能告诉我，我只知道这座牌楼是文峰山的一件附属品而已，即使它不立在此处，文峰山还是文峰山，并不会因为它的存在，而有丝毫的改变。

文峰山是一座小山，站在文峰山的牌楼下，即使有薄雾，也能一眼观到山顶。跨过这座牌楼，便是真真实实地站在文峰山上了。来文峰山游玩的游客不多，何况是在这样的清晨。也许是芸芸众生喜欢人烟稠密之地，或许是更加印证了我前面所说的，大多数人喜欢到道观庙宇烧香祈福，求取名利、姻缘或健康，而文峰山恰恰缺少了这点，所以，文峰山便显得有些清寂。北魏大书法家郑道昭也感觉文峰山太小了。在郑道昭眼里，文峰山并不高峻，文峰山的高度决定了文峰山就是一座小山。

今天早晨，当我踏着郑道昭当年的脚印，一步步登上文峰山时，脑子里便产生了这样的疑问："文峰山小吗？"

在郑道昭身后一千余年的时间里，来来往往的墨客书家不计其数，有的选择了要与郑道昭的魏碑书法相争辉。在这座小小的文峰山上，从山脚至山顶零零落落地分布着自北朝以来的石刻，细数竟有三十多通，形成了一道书法石刻碑林。这些石碑的书法流派纷呈，然而，时至今日，众多的书家推崇的还是郑道昭的魏碑书法。

行不多远，眼前豁然开朗，一块空地出现在我的视野里，就像是在自家的庭院，几位身着彩衣、手舞彩扇的老人在空地上舞着蹈着，几位游客做了忠实的观众。在空地的南面又出现了一道门，这道门比起山下的牌坊更像是一道门，就像是一家庄户人家的院门。青色的门楼，黑色的门扉，白灰的院墙，都高高地耸立眼前，我需仰望才能览其姿容。顺着白色花岗岩砌就的台阶，一步步来到门前，门扉虚掩，看门人不在，我不假思索地顺手推开，"吱呀"的门扉开启声，引来了早起的狗儿，几声狂吠过后，是看门人的叱喝。在这样的清晨，我这样冒昧的游客是不多见的，我打扰了他们的清静。

我要买票，看门人摆了摆手："随便看吧，你这样早来的人，不是来玩耍的。"我得益于早行，可能更多的原因是看门人把我看作了读书人。院落收拾得干净利落，迎门是红色大理石雕刻的一本线装古书，翻开的书页上雕琢着魏碑体字样的郑道昭的生平简介。古书的后面就是白色花岗岩雕刻的郑道昭坐像。郑道昭头颅微仰，以自负的状态傲视天地，在书法领域，郑道昭有自负的资本。这样的坐姿许是糅合进了现代人的一些偏执的想法。

院落的左面是一个四合院式的大殿，大殿的匾额是舒同书写的“会我文峰”，也是镏金的字体。大殿门上挂着锁，从雕花的窗户看进去，一些镶嵌了玻璃的展板悬挂在墙壁上。看门人拿来了钥匙，原来看门人一直跟随着我，我受此礼遇，心中忐忑。看门人只是摆摆手，让我随便看。

当年，郑道昭只是以一己之力褒扬家族的显赫，他做梦也不会想到，在他身后的岁月里，会有人如此完整地保存了他的家谱。他的家谱就镶嵌在大殿的东首，从其曾祖父始，止于他的玄孙，家谱的下面还书写了郑氏姓氏起源与分布流域，一起悬挂的还有他书写的魏碑拓片。

出了大殿，我继续上行，山路弯弯，荒草萋萋，露珠打湿了我的鞋面。在半山腰有一座六角亭，这里安放了郑文公碑。六角亭的横额上是赵朴初书写的“郑文公碑亭”，廊柱为刘海粟题写的楹联：“四顾苍茫，天外人吟天外海；一碑突兀，画中人醉画中山。”也是镏金字体。看门人没有跟来，镂刻了细碎小花的窗棂把我的视线分割得零零碎碎，早晨的光线本就暗淡，玻璃上的灰尘使得亭里的光线看上去更加阴暗。一块巨石安放在亭子中间的位置，我只能看到这块巨石，而巨石上闻名于世的石刻书法，只能是参照以前看过的资料来想象它书法艺术的光辉。

郑道昭书写这些碑文的初衷，是为其父歌功颂德，为了让更多的人看到他的家族的荣耀。今天，我没有得以在碑文前细细地揣摩。现在，一道门把我们隔离开来。那座牌楼、那个门楼、那道院墙，还有面前的这座六角亭，历史留下来的一些痕迹，就这样与我擦肩而过。

低头沿山路继续上行，不多时，脚下的山路出现转折，路线向东旁开，抬头看，一块巨石出现在面前，“欲界清都”四个红色的行楷大字布满巨石，刘海粟的那副楹联为这四个字做了很好的注解。但是，那副楹联没有雕刻在此处。当然这是我自己的一点想法。

快接近山顶时，转身回望，蔚蓝色的渤海在不远处翻卷着白色的水浪，远处有白帆点点，近处是冒出炊烟的村庄，那层层薄雾还没有消散，太阳已经出来，给那些淡白色镶嵌了一层金黄色。漫山遍野的高树、灌木丛，把文峰山包裹在一片墨绿中，那些丛生的、不知名的小草开始泛黄，是一种淡淡的黄，比鹅黄还要淡，也许就是在昨夜，那些刚回来的秋风已经把这里轻柔地抚摸过。开着浓紫或者是淡红的不知名的小花，穿插在这些淡黄、墨绿之中，如大写意的秋，遗落点点彩墨，书尽文峰神韵。

抛开那些俗事杂念，在这秋日的清晨，我走进了文峰山。

下山时，还是那座牌楼，牌楼的阳面横额上书写着“山壁争辉”，这是我上山时没有发现的，一座小小的文峰山，有此魄力，也有此魅力。

二

文峰凝墨，墨色浓郁。

郑道昭气定神闲，凝眸悬腕，一个繁体的“荥”字写就。其后的文字，洋洋洒洒，是将其父的功绩显耀其上。

永平四年的一天，在郑道昭任职的莱州府邸中。这一天可能是晴天丽日，郑道昭的心情应该不错，他放下繁重的公务，燃一炉檀香，在烟气缥缈中专心为父亲写一个传记。

历史上的官场失意之人，不乏皈依空门、隐迹山林者；当然，也有抱定了信念，等待东山再起者。郑道昭应该属于后者。

如果郑道昭终生不离开洛阳，他的人生轨迹也许是另一个版本。然而，世事弄人。宣武帝景明二年，郑道昭因弟郑思参与元禧谋反而受牵连，从给事黄门侍郎贬为通直散骑常侍。后来又因为郑道昭耿直进谏，更引起当朝皇室的深恶痛绝。

永平三年，已过知天命之年的郑道昭，接替王琼之位，以平东将军的头衔赴任光州刺史。据郑述祖《天柱山铭》记述，郑道昭赴任前夕，“朝议此州，俗关南楚，境号东秦，田单奋武之乡，丽其骋辩之地……非公（道昭）勿许”。是否如此，姑且不论。对于出身中原望族的郑道昭，很想在自己所到之处有一番作为。

郑道昭太明白有一番作为的重要性了，毕竟，朝野的政客都在看着他。当然，也不能否认的是郑道昭还渴望东山再起。

经过一年的辛勤努力，永平四年，在做好安抚辖内平民的同时，莱州的政务也日趋平稳，世局升平，郑道昭认为是时候了。经过认真细致的勘察，郑道昭选择于平度的天柱山为其父主持镌刻《郑文公碑》(上碑)，记载郑羲的生平事迹，颂扬其父的功德政绩。选择文峰山，只是因其看好文峰山石质，再刊《郑文公碑》(下碑)。此外，并于文峰山作《论经书诗》《观海童诗》等。

如果把文峰山比作一本书的话，郑道昭为这本书书写了引子。从此后，文峰山渐闻名于世。文峰山云峰刻石更被众多书法家推崇。

对于书者，一张上好的宣纸，书者是可以作为极品在其上横、撇、捺、点、折、勾恣肆而为，字形可以饱满，可以瘦劲，可以灵动，可以敦厚，可以轻巧于表面，也可以力透纸背，书者的腕力于刚毅中多了一份灵巧，是游刃有余的。

对于石匠，一块不可多得的顽石可以令其匠心独运，可以在其上点、凿、切、割、磨、穿，可以饱满，可以瘦劲，可以灵动，可以敦厚，也可以轻巧于石面，然而，石匠的腕力不是书者的力，石匠的腕力是可以穿透时空、穿透风雨的。

一块顽石因为石匠的赏识，便可以载负一些东西。《郑文公碑》(下碑)的载体不是打磨过的长条石，而是取其自然的顽石形态。《郑文公碑》的纸质载体我没有看到过，这些石刻的文字已足以令我震撼。只是单纯的一个点，从上部的瘦削到底部的敦厚与圆润，从上部的浅到底部的深，从上部的窄再到底部的宽，这些简简单单的笔画所勾勒出的神韵，不是我寥寥几笔可以概述的。我不知道当年的那些石匠是如何将郑道昭的文字刻制上顽石的，他们应该不是像我们现在学写毛笔字那样简单地临摹，书者的心态，书者的神韵，是我们学不来的。环境、经历、气质这些兼而有之，亦是相辅相成的，我们称之为内涵的东西，左右了书者的书法精髓，那些石匠是如何体会到的呢？铁锨与顽石是硬碰硬，石匠是如何在刻石上进行描摹雕刻的？今天的我们无从知晓；那些辛勤刻制碑文的石匠的名字，我们也无从知晓。

当年赵匡胤打马路经莱州时，行过文峰山，也不禁勒马回望，脱口而出道："好一座笔架山，好一处清幽所在。"

从此后，此山便称之为"笔架山"。我想，这个称谓可谓形象至极，"山"字，与一个笔架是很形似的，从此，一座敦厚的笔架山，横空于尘世。不知道当年郑道昭的书法是否从此山得到了些许灵感，而赵匡胤却是看出了这座山的外在神韵。

我不知道当年赵匡胤是否登上过文峰山，他是否知道这里有郑道昭的魏碑书法。但有一点是肯定的，此时的赵匡胤还没有登上皇帝的宝座，还只是一介武夫，正在东拼西杀，南征北战。我想即使赵匡胤登临过文峰山，也许他也不能认识到魏碑书法的真谛。

三

从现在的莱州城向南行十余里，便是文峰山之所在。曾经的那些过往，使文峰山注定不是一座寂寂无闻的小山。但我想，文峰山也许并不看重这些外在的东西，只要人们知道它是一座山，在这个尘世里有它的位置就足够了。或许，它也并不需要我们的认可，它就是一座山——一座矗立于胶东半岛的小山，仅此而已。

海鲜印象

针亮鱼

“针亮鱼”是上疃人（当地人对远离海边的人的统称）对颚针鱼的俗称，我们海边人叫它“亮鱼”，当然，“亮鱼”也是俗称。针亮鱼长嘴，身体细长呈略扁圆柱状，长度可达一米多，脊背亮蓝色，覆盖细密的鱼鳞，肚皮是灰白色。

进入农历的三四月便是当地人的吃鱼期。届时，闺女回娘家、朋友之间相聚往来，餐桌上都会摆上各种美味的海鱼。现在以针亮鱼居多，其次是鲅鱼，再佐以时令的海鲜。早年是以当地的黄姑鱼为主，间杂其他的鱼类，针亮鱼上不得桌面，盖因其肉少刺多且硬。现在由于海鱼资源逐渐枯竭，渤海产的肉质鲜美的黄姑鱼已经很少见到，每年年底的时候，市场上叫卖的以南方的黄姑鱼居多，总归不是渤海产的黄姑鱼的味道，这或许也是一种乡愁情结在作祟吧！

海边许多的乡间民谚以海物起意。关于针亮鱼的如“买条针亮鱼没刮麟——先剁（多）嘴”。针亮鱼的嘴确实长，没肉且硬；两根硬质的上下喙颚，排满细碎的尖牙。对针亮鱼来讲，这是它的攻防武器。如果单从饮食角度来说，针亮鱼的嘴真的是多余，人们在拾掇针亮鱼时，需先把长长的喙颚剁掉。

早年家贫，大家的生活状况相差无几，但到了春天的吃鱼期，父亲、母亲还是会认真操持一番。鱼是现成的，在村庄后的莱州湾里自由地游来游去。父亲不是真正的渔民，但也会捣鼓出几张渔网，趁着夜色，海潮始涨，再把渔网下到海边的浅滩，涨潮时各类海物随着水流蹿上蹿下，渔网已经张口以待。

你或许不信，那时的海蟹、琵琶虾都是人们不屑于带回家的。它们坚硬的外壳会对渔网造成伤害，捉到此类海物大多是摘下即远远地扔掉，带回家是不可能的。

母亲做的黄姑鱼很好吃。吃黄姑鱼的时候像过节一般，毕竟这样的日子也不多，也不是每年都有吃黄姑鱼的机会。母亲会把黄姑鱼的鳞片认真刮取干净，黄姑鱼的鳞片极硬，如同一副细密的盔甲。后来在村子里看排演京戏时，看到那些出场的武将穿着的甲胄，我就先想到了黄姑鱼的鳞片。

我不记得母亲制作黄姑鱼的那些细节。那时我尚年少，对于烹调并无多大兴趣。最大的兴趣是有鲜美的黄姑鱼肉吃，乳白色的鱼汤，鱼汤上漂着几片嫩绿的韭菜叶，还有只在年节时才可以吃到的白米饭，这是我对当时吃鱼的最深的记忆。

前面我说到针亮鱼的背脊是蓝色的，这里还有一个谐趣的故事。前几年，我们这里有一个人去外地办理业务，出发时，带了刚上岸的针亮鱼，用泡沫箱装的，加了冰，充了氧气。到了目的地，也没有多交代，将货物交给朋友就算完事。后来，应该是很长时间之后了。一日他和朋友无意说起那些针亮鱼是怎么制作的，朋友回说送的那些鱼都坏了，没有吃都扔了。这个人很困惑，刚上岸的新鲜针亮鱼，装箱的时候看着还是活的，当天就送到，不可能坏。然后他就问朋友坏掉的鱼是什么样子。朋友说，那些鱼早都变质了，鱼背部是蓝色的了。这个人这才醒悟过来，大笑不止。给朋友说了针亮鱼的一些特点，朋友听后懊悔不已。

春天的时候，朋友在微信群里发了一个与母亲的电话录音，请教针亮鱼的制作方法。朋友远离家乡，在当地海鲜市场买了针亮鱼，记不清楚母亲是如何制作的，故特意请教。录音里的对话是从儿子与母亲之间的日常闲聊开始的，说到朋友聚餐，一定要尝尝按照莱州当地的制作方法烹调的针亮鱼。说来也怪，此地并无特殊的制作方法，也无特别的烹调作料，但再好的大酒店也烹调不出独属于莱州的那种口味。朋友的母亲言语温和，充满爱意，竟会让我感知到那春光煦暖。

我想，朋友的本意不在宣传如何烹饪针亮鱼，久未还家，应是思乡的情愫开始泛滥的本真反应。他母亲从如何拾掇针亮鱼开始，直到针亮鱼出锅的各种细节都一一点到。听后，恍若自己的母亲尚健在，想起母亲做的鱼的味道，不由得渐渐泪目，可惜我此生再无机会听到母亲叮嘱的话语，再也不能吃到母亲亲手做的鱼了。

有客因公务曾在莱州小住。其间，我说到要请他品尝莱州的海鲜，但他却要我做向导去饱餐一顿羊肉。我说可以尝尝莱州的海鲜，他说回家时可以带一点海鲜回去自己做，客善烹饪，对于美食的制作有独到的研究。我把前面所述的那个故事讲给他听，他听后一笑，不置可否。我建议客人可以带领家人到莱州来走走，尝尝莱州人做的海鲜，莱州人做的海鲜真能做出不同于别处的美味。这应该也是一方水土养育一方人吧。

月亮贝

古人在与万物的不断交流中，依据万物的特性为其赋予了特定的标签。我就想到我的乡亲们，为周边事物能起一些形象并朗朗上口的名字，这样的名字比那些学名更直观，更富有生活的气息。

我所出生的村庄位于莱州湾南岸，从村庄向北不过五公里路程便是莱州湾了。因了天公厚爱，这片海域多为浅滩，且不说跟随潮汐随意来去的鱼类，单单是海滩里深藏着的无数的贝类，也肥美甘饴，令人垂涎，诸如中华文蛤、竹蛏、月亮贝、棉蛤、海螺（有十几种），以及爬行壳类的生物，如三疣梭子蟹、火燎、花丽鬼、杏核蟹、海大夫，等等。其实，刚才提到的每一种海物都可以独立写一段文字出来，毕竟，它们与海边的人们朝夕相处几百年，会有传奇，也有喜乐。造物主赋予它们生命或许会以千年、万年相计，无奈，文字所表述的只是空中飘落的浮尘，不能直抵层层密致的时光纹理深处。

少时星期日多用来赶海，一众小小少年呼朋唤伴，玩乐的成分大过赶海的目的。我们还不能记住潮汐的规律，在每个星期六下午将要放学的时候，大家会互相碰一下头，类似于一个小小的会议，由一个伙伴告诉我们，明天也就是星期天，什么时候出发，然后是准备什么赶海的工具，准备捕捞什么海物。

若是凌晨退潮就要早起，鸡叫头遍的时候，我们一众伙伴已经出了村子，两个人共用一根扁担，抬着两个柽柳条子编织的海篓，赶海的工具有时候是一柄粪叉，有时候是一些蛏钩。现在不记得当时天上的星光是啥样了，月亮大约是有的，是晓月初生，应该是挂在西边天际了，不再是亮眼的白，是暗红色了，月光是朦胧的，像谁哭红的不好意思睁开的眼睛。曾经问过父亲才知道，决定潮水规律的是天上的月亮，月亮竟有如此神力。

海滩深藏的贝类都有自己的领地，月亮贝靠海坝最近。把海坝作为参照物，向北依次为月亮贝、白蛤、竹蛏、中华文蛤，海螺在海滩的泥土里四处漫游，毫无章法可言，它是这片海滩的独行客，也是任性的闯入者。

月亮贝是学名，我先描述一下它的外表，由您来判断。我们这边的乡亲会给它起一个什么样的名字。月亮贝的贝壳类似于煅烧的瓷质，泛着油亮的光泽，贝壳的内里是耀眼的白，很纯粹的白，您可以想象一下那种原始的，不假丝毫色彩，不掺丝毫杂质的那种白。其他贝类的壳（中华文蛤除外）与月亮贝的壳相比，毫无美感可言。在两片贝壳相接的地方呈乌黑色，有光泽从乌黑的壳里出来，能让我想到秋天的黑夜，从高阔的空间深处发出的光。黑亮的光泽从两片贝壳的相接处为起点，逐渐向贝壳的外围递减，到了贝壳的嘴边是一圈亮丽的白色，就像天上的晓月，是一段耀眼的白色弧线。月亮贝的学名即由此而来。俗名您能想到吗？答案是乌腚。我们把月亮贝相接的地方看作月亮贝的屁股，就是俗语叫作腚的部位，因为那里一直是黑色，我的先辈们也是有些许文墨的，乌即黑，乌腚的俗称一直叫到现在。会不会继续叫下去？答案肯定是不会的。现在它们赖以生存的海滩都已无存，不敢想象它们还能不能有传世的能力，在此世代生活的人们还会不会有一片海滩可以传于后世子孙。

此外，月亮贝还有一个俗称叫作铁蛤，这个俗称是从南方传来的。有一年，从浙江的宁波、温岭、象山、玉环等处过来收购乌腚的商户，他们说着饶舌的话语，来大量收购月亮贝，回到浙江暂养后再贩卖到大城市。早年此地人们认为月亮贝是最不值钱的海物，赶海的人们从没有正式以它为猎物。它是这片海域的低值物种，后来那些南方人来过后，才给了它们升值的资本。

早年的月亮贝一直是默默无闻的，在它所处的那片海滩自生自灭，我们一帮少年也是因在别处海滩获取的海物量太少，作为填充物——俗话“坠海篓”，才挖掘一些月亮贝。这样的情况，一般是我们一直乐于玩闹，忘记了赶海的目的，在快要涨潮将要回家时，方才醒悟过来，想着回家怎么面对父母亲审视的目光。

回家后，母亲会把我拿回家的月亮贝做成疙瘩汤。母亲先把月亮贝用水煮了，火候不能太大，看到月亮贝的壳稍开，便停火捞出。煮月亮贝的汤呈浅蓝色，月亮贝的肉带有金黄色。

每次刚出锅的汤我都会喝一大碗，现在还是有这个习惯，不管是何种贝类，原汤都是我的最爱。做疙瘩汤需要先油爆葱花，然后倒入煮月亮贝的汤，再次烧开，将事先点水搅好的面粉疙瘩倒入。搅面粉疙瘩是个技术活，疙瘩不能太大，需要细细地点水，用筷子不断搅动才可，以保证面疙瘩细碎，这样下锅的面疙瘩才能入滋味。出锅时再撒几梗香菜，色香味俱佳，便是齿颊留香。

烹饪月亮贝的方法还有很多。饭店里一般是油炒，油爆葱花，同时放辣椒，红色的油彩包裹住月亮贝，在一个大盘子里泛着俗世的光泽，勾引着食客们兴奋的味蕾。也有清水煮的，出锅时放几梗油菜，水煮的汤味会寡淡一些，不似原汤来得浓香。我多隔水蒸，将月亮贝放在一个瓷钵里，不放任何的调料，锅里添一些水，随气温不断升高，水汽冒出来便停火。这样做的月亮贝，肉质鲜嫩，一包的浆汁还保存在月亮贝的身体里，入口即化。前段时间我还吃到了红烧月亮贝。这种烹饪方法要求更高的烹饪技术，问询过厨师，总不能记住细节，便放弃了如法炮制的想法。

现在本地月亮贝已不多见，多以外地贩卖为主，而味道早已不是记忆中的那个味道了。

蛏　子

蛏子学名叫作竹节蛏子，顾名思义，蛏子的外壳像一截竹子，我们海边人习惯上把竹节蛏子简称为蛏子。蛏子为贝类软体生物，生活在海边的浅滩里。蛏子有长长的斧足，利于在浅滩打穴穿行。蛏子的斧足是浅黄色的，包裹在薄如指甲的两片脆质甲壳里；有特别大的蛏子如大号毛笔杆，斧足是暗黄色。蛏子穴比较有特点，浅滩的地表有两个并列的小洞，一个稍大，一个稍小，蛏子缩居在那个稍大的洞里。蛏子穴带有一点坡度，在蛏子受了惊吓时，蛏子嘴喷出水流，利用反作用力，快速向下逃遁，我们把蛏子的穴叫作蛏子堂。

居海边，也给一些人家以海物起了绰号。诸如钓鱼郎家、狗光鱼家、海大夫家、乌腚蛤喇家，等等。还有许多，就不一一列举了。还听过相邻不远的一个村子里传出来的一个说辞，他们村子的绰号比较多，然后就有了一个傻呆小子的话传了出来，说他们村子里只有他二大爷没有外号，其他的那些人家哪家不得有三两个外号。就此打住，再说就多了。

蛏子是绝对的美味，要不怎么会名列渤海四大鲜？其余三鲜为三疣梭子蟹、大对虾、中华文蛤。蛏子最家常的烹饪方法是苜蓿蛏子，是以蛏子为主料，将黄瓜切丝儿，配以木耳，然后再搅以鸡蛋。锅内放油少许，八成热时，将混合好的原料放锅里轻煎，待稍凝固，浇以煮蛏子的原汤，汤稍沸即出锅，可放少许韭菜末。

蛏子还可以凉拌，依旧将黄瓜切丝儿，木耳烫发，香菜少许，蒜泥少许，酱油、醋不可或缺，其他的调味品一概不用，混合后搅拌均匀，个中滋味只有亲自品尝了才好。做海鲜一般不建议使用味精，因为海鲜的鲜美是最纯正的。早年的厨子出外筹备宴席，都是随身带一点特制的海物粉末，在热菜出锅时，随意撒一点用以调味。好似海物制作的粉末与所有的菜式都搭配得毫无错漏。这或许是味精的始祖，当然这是纯天然制剂，现今的工业味精与其不能相提并论。

我最喜欢吃原生态的蛏子，这是自小赶海养成的习惯。几乎能生吃所有的贝类海鲜，也包括蟹虾类的甲壳海鲜。少时赶海，所带干粮无外乎玉米面饼子，极少时候能带一些馒头，一头大蒜就是下饭的菜肴，然后就是大人们教的："海里那么多的'就头儿'，什么不能下饭?!"语气肯定，根本不容置疑，所带大蒜是帮助肠胃杀菌，如果不是怕闹肚子，大蒜也是不用带的。

中午的时候就会随处看到这样的场景：赶海的人们一手拿着饼子或者馒头，一手拿着蛏子钩钓蛏子，钓出来的蛏子如果够大，用嘴对着蛏子斧足的部位用力一吸，蛏子的斧足就会与身子分离，成为下饭的美味，再咬一口蒜瓣，海鲜的味道就更足了。

不得不说，钓蛏子是一项技术活，与挖海蛤蜊不一样，挖海蛤蜊只要有一把子力气，耐力足够长就可以。我从八岁开始就跟着大人学钓蛏子，直到十三岁上初中，最多时可以钓六斤左右的蛏子。如果用所获蛏子的重量来衡量一个人是不是老手，我已经算是可以出师了。

钓蛏子需要特制的工具，一根钢条，多取自自行车外胎的钢丝，打直，选一端打磨扁平尖锐，在最尖处弯一个小钩，然后在离这个小钩约两厘米处弯一个比较大的圆弧，这个圆弧几乎与蛏子的宽度一致，大了会把蛏子豁开，小了钩不住蛏子，这个圆弧起到支撑作用。钓蛏子时，把蛏钩伸向稍大的那个眼，快速向下戳，手会感觉到蛏钩穿过蛏子肉肉的身体，然后急速向外拉，此时，蛏钩前段的小钩会挂住蛏子下面的壳边沿，蛏钩的圆弧支撑住蛏子的身体，再以腕力向上拉起，一个蛏子就会脱离蛏子堂，成为逃不掉的猎物。

还有一个关于蛏子的笑话。又是年底去外地处理业务往来的关系，给人送了蛏子，简单交代了蛏子需要煮熟，用煮蛏子的汤做苜蓿蛏子味道更好，然后即离开。春节时再去走访，问了蛏子吃着可好。对方说，吃着挺脆的，就是有点牙碜，不过汤很鲜。不解。再问是怎么做的。答曰把蛏子在锅里煮熟，将蛏子的肠子剥出来扔了，剩下的打了鸡蛋，加了木耳、黄瓜，先热油，轻煎，然后加了煮蛏子的汤，开了出锅。原来是把蛏子皮吃了。至于后来有没有重新交代蛏子的烹饪方法没有下文，讲这些笑话的本意无非就是茶余饭后逗人一笑，做不得真。现在的网络这么发达，相信这样的笑话会越来越少。

1988 年的春节前，母亲因风湿性心脏病联合多瓣膜病变，在当时的山东某医院求医，父亲从家里带了二十斤的蛏子用以打理关系。

因为是冬天，蛏子很少，父亲找了几户赶海的人家才凑到那么多。后在宾馆分装时，那些住客们都是第一次见，因为都不认识，也不好意思问，只是窃窃私语，不知道这是何物，他们还让宾馆的服务员来问，父亲告诉他们这是蛏子。晚上给教授们送去，父亲细细地叮嘱他们应该如何处理，如何烹饪苜蓿蛏子，如何制作凉菜，事无巨细一一交代到位，还有一个教授专门拿了笔和本记录下来。

春节后，母亲手术很成功，出院回家时已经是春天了。因为母亲的身子很弱，父亲自己去海里钓蛏子，回家给母亲熬蛏子汤、做蛏子，慢慢地把母亲的身子补起来。

现在父母俱已过世，我回家的次数渐少。那日回家心血来潮走了沿海路，绕道去了海边，看到以前钓蛏子、挖蛤蜊的海滩都被填埋了，只是不知道，那些养育了海边众生的海鲜们都到哪里去了……

岁月的伤痕

清晨，窗外鸟儿的鸣叫声从单调渐渐变得聒噪。太阳还没有出来，天已开始明朗起来。又是一天，今天或许还是昨天的翻版，也就无所谓新旧，只是一日行过一日，或者是琐事不断被重复的过程。

对于我来说，每天是从清早起来站在镜子前盥洗开始不断被重复。清洁物件都一一摆放在镜子前面，可以方便我取用。剃须刀是必需的，胡须的长势不错，在我不留意的时候，就会蓬蓬勃勃地乱作丛林状，前几年没有这样的情形，随着年龄的增长，胡须增加了繁茂的后劲。

盥洗的时候，从这面镜子里，我会很短暂地想到那些过往的日子，一切如同镜子里出现的影像一般，你在的时候，一切可以直视，可以看到当下最真实的情形；在你离开的时候，便是一个空空的镜框，里面什么也没有，泛着清冷的光，空对着一方狭小的天地。今天当我再站在镜子前面时，发觉了与往日的不同，竟然感觉到了一丝的不安，不知道这些不安来自哪里，我有点惘然无措了。

我像往常一样在镜子前面忙忙碌碌，牙膏在嘴里被牙刷搅成了泡沫状。我不断地摇晃着脑袋，配合牙刷在口腔里的不同的旋转角度。我歪着头，右手机械地转动，眼睛很随意地瞄了一眼镜子，就像其他日子一样瞄了一眼，我分明又感觉到了那丝不安，我停住不断摇摆的右手，站起身来，凑到镜子前瞪大眼睛，我看到那些伤痕呈放射状，以眼角为起点，向头部的鬓角延伸出去。虽然那些伤痕很细，只在皮肤表面浅浅地留了痕迹，但我还是发现了它们。它们和所有平淡的日子一样，在我不留心的时候，就给我的身体刻下了印记，并且随着日子的流逝，变得清晰、深刻。

昨天，期待很久的一场雨终于来了。天空阴郁，细密的雨滴时断时续；落叶在秋风的裹挟下，从雨丝里匆匆飘过，有的掉落在地上的水洼里，便有雨丝迅疾地飘落；有的落在马路上，被疾驰而过的汽车重新带动起来，沾满了泥浆再回落到地面，有一片落叶竟然贴到我面前的窗户上，像是在透过玻璃看着屋里傻呆呆的我，落叶枯黄的纹理，清晰地透露出曾经有过的青春模样。阴雨天总会使人静默，不知道想了什么，脑子里一片空白，这一刻我如同遁入了空门，仿佛灵魂出窍一般。

下午三点多，千里之外的儿时伙伴打来电话，电话那端他很明显喝高了，说话含混不清，但有一种声音我听得清清楚楚，是哭泣的声音，抽抽咽咽的，有一种压抑感，明显地还包含着一些发泄的感觉。我知道此刻自己作为一个单纯的倾听者比什么都好，虽然我听不清他在电话那端说了什么。电话持续了半个多小时，我一直在“是、嗯、啊”三个字之间重复作以回应。最后玩伴不再倾诉，相信他是得到了某种安慰，再或者是已经醒酒。最后，匆匆地挂断了电话。

窗外雨势已经变得缓慢，风却越刮越大，像是要把覆盖了天空的阴云撕裂一般。天空依旧阴郁，雨丝换作了稀疏的雨滴，随风在院子里没有目的地滴落，左一滴右一滴。那些在水泥地上形成的水洼，像一面悬挂在幽暗空间里的镜子，折射出弥漫在天空上那些灰暗的幻影。风用无形的手，在水面上不停地抚摸，那些幻影就不断地变换着景象，时而涌起细小的纹理，水面就如同破碎的镜面一般；时而静默等待着另外一些景象的重生。

傍晚的时候，雨丝不再滴落，风也停了气息，天竟然转成多云，出现了晚霞，天空像是披了一件百衲衣，在晚霞里张扬着。晚霞殷红如血，预示着明天会是个很好的天气。晚上，玩伴又来了电话，是用他家座机打过来的，一番解释，我才知道他下午说了什么。昨天是他的生日，同事们为他庆生，席间高兴多喝了几杯，人多时热闹，没有想到其他；人走了，热闹的空间冷寂下来，便感觉有一种无形的伤感包围了他，或者是一种恐惧，这是他的原话。走过的日子不敢去怀想，以后的日子也不敢去展望，每天都在提心吊胆地生活、工作、交际，唯恐哪个环节出现纰漏，然后一切的成功，或者是安逸便会改变原有的状态。“四十岁的人最怕的是什么？”玩伴问我。我知道，他肯定有答案要告诉我。四十岁最怕的是从头再来啊！

对于酒，我自然不陌生，它们或辛辣，或甘甜；或透明似水，或艳丽似彩，除却这些因为不同的发酵方式形成的不同特质外，它们也就是一些带了度数的液体而已。然而，当它在我们的身体里累加到一定量的时候，会把我们隐藏在内心里的东西掏挖得干干净净，暴露得彻彻底底，这些带了度数的液体或许是隐匿了一些玄机，竟然暗藏了如此强大的能量。

玩伴每年两次回家，一次中秋节，一次就是春节。我们都会把酒言欢，那时的他是光鲜的，且有得意的风度，言谈间是无尽的欢笑，全然没有这种伤感，或者是悲哀。这一切全归于酒的作用，如此说来好像冤枉了酒的本意，也有许多人在酒精的麻痹下，会把自己的心事掩藏得更深，从不示人。

今天酒只是做了玩伴内心情绪爆发的一个药捻子，它需要一个燃点，这个点需要一些阅历的累积，然后引燃、爆发。四十岁，正是一个人走过半辈行程的时刻，该受的苦受了，该尝的甜尝了，四十岁以后日子的苦甜还要等着自己去做好安排。

玩伴伤感于四十岁，最怕的是从头再来。然而，四十岁对于有些人来说却是结束。我想到了前天晚上老同事的聚会。前天下午，大嗓门周给我打电话，要我负责组织一个聚会，我们是在同一年离开原单位的，我离开原单位后，大嗓门周也随即离开了原单位，去了一个更好的单位任职。同事期间我俩关系不错，兄弟一般，分开久了，越来越互相牵挂，这其中年龄或许是一个最根本的因素，我们都已开始学着念旧。

一干人吵吵嚷嚷地互道问候，坐定后，大嗓门周问：“怎么缺了一个人？生呢？”“生走了。”我说。“调哪里去了？”“生是永远地走了。”周的大嗓门哑了一般地噎住了，片刻后才说：“我怎么不知道？怎么没有人告诉我？”“生走得很突然。”我说，“我们开始也不知道，他的追悼会我去参加了，他爱人和我说生临终留下遗言，不要告诉任何人，他怕给他人带来不便。”生走的时候，来不及和任何人告别，只是和妻子说了心里难受，然后就没有了任何的气息。一样的四十岁，但他永远停留在了四十岁。那时，生因为肝癌晚期正住院接受治疗。生的走是在很多人的预料之中的，只是时间的早晚问题，还有生能坚持多久的问题。在生知道得的是什么病后，就坚持出院，不愿再做进一步的治疗。

生是从一个大山沟出来的，那些大山成片地连绵着，阻挡住了山里人走出来的勇气。生出来了，他用勤奋的学习让自己走出了大山。对于工作，生很满意；对于生活，生也很满足。我和生是对桌的同事，公务闲暇时，生多次在我面前说到那座大山，生在说到大山时，眼里总是充满着火热的激情。生说到了山上的野果，说到了上山砍柴，说到了一帮山里孩子集体去山涧担水，说到了大山的春夏秋冬，更多地说到了山里的乡亲。我记得生平时最喜欢唱的一首歌是《我的父老乡亲》，生的五音不全，但生唱这首歌的时候，唱得很好听，我知道，他是用心在唱，所以不管在什么时候，唱得都很好听。

在我们一帮同事里，生的穿着是最朴素的。我记得他有一件夹克衫，是灰色的，因为一直伏案工作，肘部磨穿了，他爱人就剪了两块椭圆的黑布缝补上，黑布也是从其他不能穿的衣服上剪裁下来拼合上的。我们曾经想过他的节俭许是源于他爱人的节俭，或者是其他的一些什么原因。我们曾经把这当作笑料，在集体午餐过后，用以磨牙消磨时间。生却不做任何的解释，厚厚的眼镜片后面，是生很淳朴的眼神，然后就是很憨厚的笑，透着大山的淳朴。我离开原单位后，偶尔会和生通一个电话，时间久了，来往得少了，关系也就淡了。后来，电话也很少打，但在心里还是很挂念的。

生的节俭是因为他在还一个心愿。生是那座大山里唯一一个走出来的孩子。乡亲们认为生是他们的骄傲，集资供生完成了学业。生工作后开始还愿的计划，爱人是大学同学，是城里人，她说就是看上生的淳朴与憨厚，这一点是她最看重的。她和生一起还愿，心甘情愿，义无反顾。生的爱人在我面前哀哀地低诉着，以前午餐过后的时光里，生憨厚的、淳朴的笑，又鲜活地浮现在我的眼前。

生追悼会的那天，他所在的大山里的乡亲几乎都来了。那些不能行动的老人，给生捎来了亲手扎制的白纸花，孩子们采摘了还带着露珠的野花，那些野花就在生的灵堂里散发着香气，他的乡亲们就围在生的遗体前。我过去告别的时候，分明看到生的唇边有一丝笑，就像他生前的笑一样。

那天的聚会，第一杯酒我们谁也没有喝。那天的聚会，我们再也没有喝酒，很简单地吃了饭。我想到生生前和我做同事时经常说的一句话：感恩地生活比什么都重要。我们从酒店出来时，老同事们一一拥抱，不是以前的握手，我们心里都明白这个拥抱意味着什么。四十岁，人到中年的一个分水岭，我们在攀爬这个分水岭时，抱着什么样的心态，迈着什么样的步子，没有人问过我，我相信也没有人会经常自问。

今天早晨，我重新审视镜子里的我，不再因为那些伤痕，而是开始思考那些伤痕会给我留下怎样的警示。

病痛给予我的思考

猝不及防，病毒性流感击倒了我，而且到了必须住院治疗的程度。

时值秋霖，绵绵不绝的秋雨如泣如诉，使我本已压抑的心境更显黯淡，如同被沉沉的暮霭笼罩着。雨丝里飘荡着《二泉映月》哀怨的曲调，伴随着秋雨单调的淅沥声，一起飞进了病房，敲击着我因病痛而疲累麻木的神经。已是黄昏时分，周围很静，是一天中最安静的时刻。灯，没有开，雪白的墙壁，此时显得很柔和。好像是约定好了，同室的病友谁也不吱声，用耳朵细听这来自秋雨，来自二胡的，我们自己所能领悟的意韵，然后再用心去品味其中的况味。

“如果不下雨，我会下去扭上一段秧歌。”因为心肌梗死住院治疗的大孙耐不住寂寞先开了口，而后转向我，“小伙子，你会扭秧歌舞吗？”我的心思早已随着音乐飘向秋雨的夜空里，已进入一种迷离状态。对于大孙的问话，我机械性地回应着：“要开灯吗？”听我答非所问，大孙没吱声，转头盯着窗外，霓虹灯发出的七彩的光将渐黑的雨夜，渲染得有些俗气。

病房的光线更暗了，又恢复了起初的安静，我又进入了迷离状态。

住院时，大夫神情严肃地告诫我："注意休息，情况很严重，恐怕会引起心肌炎，或是病窦综合征。"很专业的医学术语，听来让我很是恐惧，就像面前渐渐浓起来的夜色，仿佛有一种无形的压力，向我全身慢慢地压下来，我试着逃避，然而，它却越迫越近，及至将我包围。曾一度想到过死亡，只一瞬间，便觉得整个命运亏欠了我，命运躲在暗处抛洒冰冷的泪滴，将我淋湿。如果生命真的能够轮回，既然要如此快地挥别今生，不如在有限的时间里憧憬一下来世，虽说是虚妄，也是一种安慰，便暗下决心，今生未做好的事情，待来世一定做好；今生未想明白的道理，待来世想个清楚明白；今生所许下的宏愿，待来世一定去实现。来世如世外桃源，诱惑着我想入非非，心境更是趋于混杂……"我们为什么不打开灯呢？"一直未作声的三床突然提议，声落灯亮，病房如同白昼，雪白的墙壁发出刺目的白光，我不禁皱了皱眉。

有飞蛾受灯光的诱惑飞了进来，在这个有些许寒意的飘着秋雨的秋夜，飞蛾如同发现了一个新世界，在日光灯下欢跃地飞舞，不断亲吻着给它带来光明与温暖的日光灯管。"由黑暗走向光明，这是生与死的两个世界，如同我走进了死亡，又获得了新生。我赞美你，光明。"大孙很诗意地唱和了一句。三床却发出一声感叹："还是亮堂一些好。"看来，压抑的心境每一个人都懂，只是表达的方式不同罢了。

我只是不作声，盯着欢跃的飞蛾，默默地回味着三床的话：我们为什么不打开灯呢？是啊，飞蛾尚知扑火寻找光明，何况人呢？每个人的心境都会随着外界状况的改变而发生变化，有黑暗也会有光明，如同有日出就会有日落，重要的是，在你内心感到恐惧或有黑暗堵塞你的心时，你是沉沦于黑暗——就像是此时此刻囿于病房的我，知道光明的美好，都不知道去打开一盏灯；还是与黑暗做抗争投奔光明，做一只扑火的飞蛾呢？小小的道理每个人都懂，但真正能付诸行动的又有几人？

一直忘不掉那个飘着绵绵雨丝的秋夜。病痛所给予我的反思，是追求光明，博取今生。这些也许是我这一年中最大的收获吧。

吃饺子

我仰起头将搪瓷缸子竖了起来，把贴在缸壁的最后一根面条吸进了嘴里，然后，很夸张地咂巴咂巴嘴：“真香，撑着我了。”

母亲躺在病床上，看着我伪装出来的贪婪吃相。

“外面的小吃店有没有羊肉馅水饺啊？”

“有啊！娘，有羊肉馅的水饺，想吃吗？我现在就去给你买，好不好？”

“明天吧，明天中午我们吃水饺。我们出来有半个月了吧？我可能是馋水饺了。”

我和母亲在这远离家乡的大城市求医。母亲因为右心衰已经到了终末期，吃任何食物都没有一丁点儿胃口，每次吃饭都要我哄着，她才勉强吃一点儿烂面条。让母亲吃饱吃好，是一件很棘手的事情。

烂面条就在医院门口的小吃店买的，三元钱一份，因为光顾的次数多了，老板会额外给多加一个鸡蛋，在远离家乡的城市，这个鸡蛋让我心生了许多的感动。

三元钱的面条，汤汤水水的加起来也挺多的。我把两个鸡蛋挑给母亲，然后捞一些蔬菜，蔬菜是叮嘱过老板的，一定要鲜嫩的，这样易于母亲咀嚼和消化。母亲的牙龈已经承受不住粗糙食物的摩擦，一丁点发硬的食物都会让母亲的牙龈渗血不止。

母亲吃的面条不多，余下的就是我的一顿饭食。我每次都会很夸张地喝面汤，弄出极大的声响，好像面汤是天底下最鲜的美味，然后，夸张地打一个饱嗝，拍拍肚子："吃饱了，吃饱了。"母亲就会说："烂面条，全是水，不顶饱的，你买一点好的来，别累垮了你。""没事的，娘，我的体格壮着呢！""唉！"母亲叹一口气，吃力地翻转过身子去。

我和母亲每天的伙食费都在十元钱以内。早饭是一元钱一份的八宝粥，五角钱一个的鸡蛋，一元钱的大饼，就着摊主免费的咸菜吃；午饭就是三元钱的面条；晚饭一元钱买四个馒头，花两元钱买半份炒菜。

医院的门口还有一家熟食店，和小吃店紧挨着。熟食店不断地向外冒着香气，泛着肉红色的猪头肉，炸得焦黄的鸡腿，冒着红光的烤鸡，每天都在诱惑着我的胃，我把裤兜里的钱用力地攥攥。为了给母亲治病，为了省母亲后续治疗的费用，我都极力地把口水咽下去，有时候咽口水的声音都会把自己吓一跳。

一斤羊肉馅水饺五十个，要价三十元。一天，我要了二十个，老板只收了十元，我照例是三元钱的烂面条。

我给母亲洗过手，再把病床上的小饭桌撑起来，将盛水饺的饭盒摆上去。母亲说："买了多少水饺啊？""买了一斤，娘。”“怎么不多啊?”“小吃店没有了，先给我们煮了半斤，一会儿包好了再给我们煮半斤。”“哦。”母亲用疑惑的眼光看着我，我用肯定的眼光看着她，母亲不再看我。

我用小勺切开一个水饺，羊肉的香气散溢开来。我又用小勺把水饺皮细细地切碎，然后和着羊肉馅喂进母亲的嘴。

一个水饺，母亲分四次才吃完。我用小勺继续切水饺，母亲说：“可能好久不吃肉了，吃了肉怎么感觉恶心啊，我还是吃面条吧。”“再吃一个吧，娘，再吃一个就好了。”我把切碎的水饺送到母亲的嘴边，母亲大张着嘴，做出一副恶心的样子。没办法，我把烂面条里的鸡蛋挑出来，把嫩菜叶挑出来，用小勺细细地切碎，混合好，小心翼翼地喂给母亲。

护士进来换点滴，看到小饭桌上的羊肉馅水饺，连忙说道：“你怎么给你母亲吃肉啊？主任昨天就交代过的，你母亲不能吃肉的，这样是会影响她的肾功能的。”我怎么不知道？我回头看母亲，母亲正用那只没有输液的手急切地向护士摆手。

“怎么回事?”

“肉类的蛋白质是会影响你母亲的肾功能的，即使要用，也要用一些优质的蛋白，可以多吃一些鸡肉、鱼肉。昨天你去药房取药，主任来查房，看了你母亲的化验单，已经告诉过你母亲了。你母亲没有说吗?”

“……”

没有，母亲没有给我说，母亲给我说了要吃羊肉馅的水饺，母亲知道她的儿子最爱吃水饺。

那天中午的水饺，是我自己吃的，母亲吃的还是烂面条。

拐　弯

我在人流的裹挟下，几乎没有用太多的力气就进入了这个空间。在这之前，我只要保持身体的平衡，保证不被挤出拥挤的人流就行。我现在容身的这个空间狭长、逼仄，挤满了混浊的空气，还有制造这些混浊空气的人们。当然，这里面也包括刚刚进入这个空间的我。

车子开始移动，不断地加力，加力过程中产生的声音让我想到了痛苦的呻吟。车子在移动的过程中不断地停止、启动，前后两个门也就配合着它的状态，不断地打开、关闭。一切就像是早已经设置好的程序，这个程序能够决定人们此时的行为，人们便在这两个门不停地打开、关闭的过程中进来、出去。外面的空气在门短暂的开启后，也会和人们一齐不断地挤进来，与空间里人们不停地从口腔里呼出的空气进行交流，然后彻底混合到这些混浊的空气里。车里在短暂的喧闹以后，很快地恢复到之前的拥挤和混浊状态。

清晨，我急匆匆地从乡下坐班车进城，然后倒车去另一个地方。

我的前后左右都是臃肿的身体，以及随时添加的混浊空气。我向里走的时候，那些臃肿的身体极不情愿地和我发生着摩擦或者是碰撞，两边车顶上的扶手上伸满穿着不同颜色袖子的胳膊。那些臃肿的身体随着空间的晃动不停地发生着摇摆，然后就进一步地摩擦、碰撞。在我向空间的后部移动的时候，不断地听到不耐烦的声音，还有一些因为碰撞发出的夸张的“哎哟”声，好像我的拥挤直接导致了他们的痛苦。

车上的电子提示音告诉人们，前面要拐弯了，要站着的人们抓好扶手。在拐弯之前，我必须做好拐弯的准备，我曾经想着要抓住一些东西，这些东西不见得有多重要，但它们能使我的身体保持平衡。但是那些臃肿的身体把我与座位隔得很远，扶手离我也很远。现在，我只能靠拓展双脚站立的空间，脚底再用力蹬住空间的地板，从而增加我站立的稳定性。我抬起一只脚，开始向外部移动，并且寻找可以容下这只脚的空间，我急匆匆地落下脚的时候，脚底踩到了柔软的物质，应该是一双脚，脚上应该是一双棉鞋，我不知道应该向谁道歉，只是自个儿一连声地道歉，但没有人回应。我把双脚分开的角度缩小到自己身体占据的空间范围内，但有一只脚在我脚下的空间里坚守着，没有丝毫退让或者是撤退的意思。

我一直处在严密的包围状态中，不能借助任何外在物体感受车子行进的速度，还有车子在下一时刻要做出何种运动状态。那些臃肿身体的面部都无一例外低头沉默着，或许是他们一直在思考着一些问题，他们需要利用这短暂的时间，为即将来临的下一时刻做着初步的构建或冥想。车子继续保持着行进状态，目标既简单又明确，方向却永远在驾驶员的手里掌控着。在那个小空间里的人是清醒的，他一直在掌控着前进的方向。我听到很大的发动机的轰鸣声，过多的车载是一方面；因为年底人流量大，司机想多跑快跑，不断地向发动机施加压力是另一方面。我感觉到开始转弯的时候，大脑已经跟不上它的运行速度，我的身体因为惯性出现了倾斜，不是缓慢地倾斜，而是很急速地配合着车子转弯的速度。我配合得非常默契，身体猛力撞上身边那些臃肿的身体，之前做的任何准备措施都没有派上用场，我想那一时刻我撞疼了他们，空间里很快就引起了一阵骚乱，还有低低的咒骂声。

拐过弯后，空间行驶到直行道上，在一个站点做了短暂的停留，很快就又开始了它永无休止的奔行状态。臃肿的身体继续不断摇摆、摩擦、碰撞。有手机铃声响起来，铃声是沉闷的，感觉是拼尽全力突破了层层阻力，从另一个空间里急如星火地奔来，是一段很熟悉的流行音乐，我的脑子甚至很快地切进这段旋律里。骤然响起的音乐引发了少许的骚动。骚动停止的时候，那段音乐还在执着地鸣唱着，身边的人开始频频地向我这里观望，我才醒悟到这段音乐是我手机刚换的铃声。

手机还在我外衣的口袋里执着地鸣唱着。我把手向外衣口袋伸去的时候，身边那些臃肿的身体很快闪出了一个空间。这个空间能够看到我的手，以及我的手所有的活动情况。我把手伸进口袋握住兴奋不已的手机，我能感觉到给我打电话的人，因为我将要接听他给我发出的信号而变得莫名的兴奋。在我握住手机将要从外衣口袋里退出的时候，一个很奇怪的想法闪动了一下，并且我的行动随着这个想法的闪动，不折不扣地执行着。我就让手机在我的口袋里继续鸣唱，我的手一直握着它，身边那些臃肿的身体也一直与我保持着一定的距离，这个距离使得我容身的空间一直是很宽绰的，我能不受任何外来力量的挤压、摩擦、碰撞。我为自己这个突然出现的想法兴奋不已，嘴角隐隐地含着笑。

前方，又有一个拐弯急速出现，电子提示音的速度也没有跟上车子的运行速度，这一次我做好了准备，并且有外力能使我保持平衡。这个拐弯过后，便是我要去的中心枢纽所在地的外缘，我要在那里下车。拐弯的速度依然急促，那些臃肿的身体照例发生了严重的摩擦、碰撞，然而这次的摩擦、碰撞与我无关，我很庆幸，手机的音乐帮了我很大的忙。

车子停顿，我从它的后门走出去，一直握着手机的手从口袋里拿出来，一看并没有来电，原来是手机的闹钟一直在执着地提示我上班的时间到了。它不知道它的主人已经早起，并且刚刚在一个空间里完成了一些简单的肢体动作，当然，还包括一些简单的思维活动。

门在那里沉默

我几乎用了一个下午的时间盯着这扇门。

这扇门就在办事大厅一楼的东面，它一直在那里保持沉默状态。从我坐着的这个位置走到这扇门前要迈上三级台阶。台阶上摆放着盛开的仙客来，或浓紫，或嫣红，只留了一条与这扇门同等宽度的通道，方便人们的出入。

办事大厅面积很大，三级台阶在大厅里环绕了一圈，把大厅很自然地就圈出了一个天池的形状，大厅内摆放着几组沙发，方便来办事的人员歇息等候。当然，这个空间里也少不了摆放一些高大的绿色植物作装饰，使得单调的空间便有了养眼的生机。

太阳的光线透过大厅的拱顶投射下来，拱顶是透明的玻璃，采光特别好，大厅内的温度也很高，暖气开放是一个原因，很好的采光也是温度高的原因之一，我把厚厚的羽绒服脱掉，放在沙发的扶手上。

我一直坐在这个沙发里，从开始的半个屁股坐在上面，到现在几乎是半躺在沙发里。我承认，这个沙发在此刻使我产生了惰性，或者是它给了我一个错觉，我想到了一张床，还想到了一个怀抱。在意识到这是胡思乱想时，我露出了一个不易觉察的自嘲的笑。

实际上，在三级台阶的上面有很多的门，每扇门前都预留了窄窄的通道方便人们的出入，那些盛开的仙客来放下浓烈的盛情，都谦谦地在这些门前做出让步的姿态。

我刚才就是从我对面的这扇门里走出来的，我把准备好的审批材料交给了在门后空间里的办事人员。他们和我说，让我到外面稍作休息，材料审查完后就会喊我。从这扇门里出来的时候，我一眼就看到了这个沙发，它一直以一种热情的姿态等着人们走进它的怀抱。

走过去，刚坐在沙发的怀抱里，抬头的时候就发现这扇门已经被关上，我没有听到关门的声音，它把我和那个空间隔绝开来，我看不到这扇门后空间里的那些人的活动情形，虽然我很想知道里面正在发生着怎样的情形。门用一种无声的力量拒绝了我的探询，我只有安心等待。

门是胡桃木的家装门，我一眼就认出来，现在这样的家装门随处可见，只是在不同的空间它们所起的作用也不一样。通过透明拱顶投射下来的阳光洒落在上面，然后再反射进我的视觉器官，那些光线便变得模糊、暗淡。门上应该有一些自然的花纹，但因为我所在的位置与它之间至少有十米的距离，以我的视力水平根本就看不清它们构建了怎样的图形。门把手是镀金的，是一种金黄的颜色，很张扬地释放着它的色彩，把胡桃木模糊暗淡的光泽努力地排挤出它的势力范围，让人们能一目了然地发现它，表明它不是这扇门的附属品，它应该是这扇门的主宰，或者是炫耀这扇门因为它的存在而变得多么重要，且具有了某种深远的意义。它的形状使得人们无须费力就可以很轻易地扭动它并打开这扇门，现在我需要做的，就是等待门后空间里的人扭动它，打开门，然后喊我进去。

在我的右手边是进出大厅的玻璃旋转门，里面的人很容易就会看到要进入这个空间的人。玻璃旋转门也是沉默的，但它又是忙碌的，没有片刻清闲的时候，它不发出任何的声响，只是尽心地旋转，把外面的人迎进来，把里面的人送出去。我从这扇门进来的时候，先是下了三级台阶，然后再绕过那些仙客来，才进入了胡桃木家装门把持的那个空间。

旋转门的里面和外面各有一名保安，他们穿着保安服，神情严肃。我开车过来时，门外的保安给我手势，让我把车停放到距大厅不远的停车场去。门前的台阶有几级，我忘记了，第一次来的时候，我曾经数过的。后来，来的次数多了，并且大多时候都是匆忙的，就没有了第一次来的时候的沉稳，走路快得恨不能一步把所有的台阶迈完，再直接冲到大厅里。即使是这样，高高的台阶也只用了两三次的换腿动作，一步至少能跨三级台阶。台阶都是用花岗岩铺就的，踏上去有一种很厚实的感觉。

旋转门还在继续转，外面进来的人有的面无表情，有的面带疑惑，有的面带喜色。从这扇门出去的人，也一样的带了这样的表情。

不断有人打开面前的这扇门出出进进，有的是来办事的，他们像我一样手里拿着厚厚的材料袋，很拘谨地扭开那个镀金的把手，走进去，然后走出来，坐到我身边还空闲的沙发里，他们几乎和我保持了同样的形态，先是谦谦地半个屁股坐上去，不一会儿已经是躺在沙发里了，有人竟然还传来了酣睡的声音。

有时候，也会有大厅的工作人员走进去，他们穿着统一的工作制服，青灰色的西服，白色的衬衣，面部表情隐隐地透着一股干练的气质，他们身后会跟着一些像我一样穿着臃肿的办事人员，他们有的和大厅的办事人员认识，或者是熟人。我不想去找任何人，我有足够的时间在这里等待，在这样一个属于我的下午，我不想使自己过于忙乱。

我期待的这扇门终于打开，里面的工作人员出现了。我微笑着迎上他，然而他的目光穿过我的右手位落在了我旁边那个人的身上。现在，这个人就在我身边的沙发里酣睡。我伸手推了推在我身边继续酣睡的这个人，告诉他，里面的人让他进去。他还在懵懂状态中，随手把挂在嘴角的哈喇子用衣袖抹了一把，瞪着茫然的眼睛看着我。我伸手向里面指了指，再告诉他，里面的人让他进去。

他是突然清醒的，像是遇到了特赦般，忙不迭地站起身向里面走，那个门把手被他扭动了很长时间才打开，我坐在沙发里看着他莫名兴奋的样子。一会儿，门被再次打开，这个人出来了，他手里捧着一摞厚厚的资料，那些资料在他的怀里毫无秩序地堆着，他的面部表情充满了疑惑，也没有了刚才的兴奋，一副无精打采的样子。我知道，他的材料审核一定是未通过。他走出来的时候，竟然没有忘记关上那扇门，不知道是有意而为，还是心不在焉，只听一声重重的碰撞声，在办事大厅的空间里回荡。我不知道，这扇门是否感觉到被撞击后的疼痛，但我是痛的，并且心脏还为之战栗了几下，是很强烈的战栗，撞击的声音瞬间即逝，门依旧在那里保持沉默。

时间继续流逝，下午的时间已经过半，太阳挪移到大厅拱顶的外沿，落下来的阳光已经不能照到胡桃木的门，那扇门已完全失去了光泽，门把手金黄的暖色调也变成了清冷的光。

那两个保安换了位置，里面的去了外面，外面的进了里面。我看到的那两扇门还在坚守自己的岗位，一扇继续旋转，一扇继续紧紧地关闭着。

里面的工作人员出来，对我笑笑说："只剩下你了，等急了吧。来吧，你的资料审查完了，科长找你。"我站起身，伸伸腰。整整一个下午，我坐在沙发里竟然一动未动。

我的腰都疼了，还有点僵，我拿起放在扶手上的羽绒服的时候，竟然没有忘记转头看看那道旋转门。我想着，等会儿我会以怎样的表情走出这道门呢？

不知道是不是工作人员的疏忽，当我走向那扇胡桃木的门时，它竟然没有关上，或许是门想换一种状态休息，它可能也是很累的，它的身躯和门框形成了一条斜线，角度很小，我只能看到它的一个侧面，还有对我保持了一个下午的神秘的，隐藏在它后面的空间。我不用扭动那个门把手，很轻易地走了进去，走进了这个和我隔绝了将近一个下午的空间。

拔　牙

当它在我的口腔里盘桓不去的时候，我想，必须得做点儿什么了。

在一个下午，四围安静，太阳光从厚厚的玻璃窗上照射进来，空调使屋子里的温度一直保持在32度左右，大脑处于迷离状态，此时适合休憩或者是想点什么，它却毫无征兆地袭击了我，我瞬间被击中。

我清楚它所在的位置，在我二十岁那年，它就出现了。当时我以为是单纯的牙痛，看过医生后，医生告诉我，是新生的一颗牙齿，就是智齿。末了医生告诉我，这种牙齿没什么大的作用，尽早拔掉的好，免得遗留痛根。我却不敢，怕痛。一颗牙齿活生生被拧掉，想来也是让我恐惧的。小时候换牙，牙齿松动得很厉害了，大人说，用点劲儿，一下就拔掉了，可我就是不敢。总要等它自己实在不能坚守的时候，自行脱落。

后来又陆续出了三颗智齿，当然每次都要使我付出痛苦的代价，皱眉咧嘴，一副受苦受难的模样。青春期的时候特别在意别人看自己的眼神，那段时光是无忧无虑的，特别喜欢笑，并且是笑得特别真诚的那种，嘴角努力地向后，板牙容易暴露，经谁一提醒，然后我就笑得更夸张。我一直希望自己有一口整齐洁白的糯米牙。后出的四颗智齿让我暗暗自喜过，可没有高兴多长时间，固定的口腔空间因为多出的四颗牙齿，使本来整齐的牙齿方阵全部被打乱，纵横交错。后来一个精于面相研究的同事说我这是龙齿，但我更认可犬牙的说法，多么草根的形容。青春期很快过去，我也就不再刻意注意它们的存在，多年来我们相安无事，算来将近二十年了，它们应该是正值壮年，我都几乎忘记它们的存在了。

站在试衣镜前，尽力张大不算小的嘴巴，后来借助一面小镜子的反照，总算看到它的形态。它占据了一个最有利的位置，在右上颌最里边，那里适合隐蔽，那些持续不断的疼痛暴露了它的藏身处，它在我的口腔里驻扎了这么长时间，我还是第一次真真切切地看到它的模样，中间磨面上一个黑色的大洞，好像盛满了它对我的所有埋怨，这么多年对它不管不顾，可能它对我的要求比较高，其他牙齿都没有问题，唯独它出现了状况。

乡镇上和村里都有牙科，但我不相信他们的技术，何况我是一个怕疼的人，可能也怕死吧。问了很多人拔牙疼不疼，都说不疼，但我还是不敢掉以轻心，拔牙总也是一个小手术，我怕会有并发症，最后我去了市人民医院。牙医告诉我必须拔掉了，牙龈都受了牵连，有炎症，还有红肿的包块，牙医用一个白色的棉签在包块处按了一下，拿给我看，上面带着黄色脓液和红色的血丝。先消炎，后拔掉。牙医有条不紊地开着处方，让我三天后过来。处方上是克罗泡腾片，还有甲硝唑，正好是三天的量。

克罗泡腾片每天三次，甲硝唑每天两次，都是饭后服用。每次吃克罗泡腾片都要额外多花费一点时间。先把药片用温水化开，然后才能服用。温水浇下去，克罗泡腾片开始冒出细小的气泡。它们欢欣跳跃，极力地从母体里释放，白开水渐渐变成淡黄色。喝下去的时候，甜味里有一丝硫黄的味道在舌尖久久不去。三天的餐后时光，它们就以这种方式陪着我。

三天的时间开始变得漫长，我怕这个等待的时间会消磨掉我鼓起的勇气。想到小炎症坚持一下也好，这样可以给自己一个逃脱的理由。星期六早上起床，第一件事情就是照镜子，然后自己拿着一个棉签在龋齿的周围抹来抹去，没有脓液，也没有血丝，又把手指伸进去触摸一番，那里未见任何的异样。这下彻底安心，大胆去医院。

病历本递进去，医生好像一直在等着我一样，他不会想到我曾经有过的犹豫，医生用不容置疑的口吻跟我说："来吧，跟我来。"医生把我领到一个大房间里，房间里摆放着六张躺椅，这样的躺椅我还是第一次见，躺椅被一圈钢架包围着，上面镶满了各种泛着冷光的钢制设备，医生示意我躺上去，我躺上去的时候感觉到了无所适从，可能我从未在陌生人面前采用这样的躺姿。医生手里捏着一个棉签让我张嘴，我的口腔彻底地打开，暴露在医生的面前。

"刚刚好，炎症消失，可以解决掉。"医生说这话的时候，把手里的棉签很干脆地扔到躺椅边的垃圾桶里。“你去交钱，我做准备。”医生有条不紊地吩咐着，“还有，给你优惠，后腔的磨牙拔除术每颗八十元，今天只收你五十元。”

我不解，医生开处方的时候，我一直盯着墙壁上的价目表，那里清清楚楚地写着后腔磨牙拔除术五十元。想不通医生为何还要这样说，不懂，也就不问。只要他没有超出收费范围，我也就不作理会。

交费回来，重新躺回躺椅上去，还是那种仰躺的姿态。医生已经在我的身边坐下，我习惯性地张开嘴，口腔充分暴露，此时我听到了医生说，把嘴合拢一点。我竭力控制住笑，医生用不解的眼光看着我，蓝色的一次性口罩遮住了他的大半个脸，不知道他的嘴角是不是很严肃地抿着。一个注射器在我面前晃了晃，我感觉到了寒意，笑意戛然而止，恐慌随即来临。

医生边忙碌着手里的工作，边给我说着牙齿保健知识。沾了碘伏的棉签在我的牙周里里外外涂抹一遍，口腔里全是一股怪涩的味道，医生说到我的牙齿根部有很厚的牙结石了，要彻底清理一次，这里的清洁术很专业，建议我做一次彻底清理，这样有利于牙齿的健康，并且也会使牙齿更白，我不置可否，只是张着嘴巴，“啊啊”地任凭医生处理。

注射器伸进了我的口腔，医生用镊子把我的嘴角分开，顺着牙冠的外围伸到龋齿的上方，狠狠地扎了进去，一点技术含量也没有，是真真切切地扎针，我感觉到了疼痛，手不自觉地握紧，全身绷直，很快地推注，我感觉到了液体的流动，是一种充盈的感觉。注射器转到牙冠的里面，在龋齿所在的上颌部位扎进去，这一次更痛，是一种很缓慢的硬生生的挤压感，我绷直了脚尖，感觉身上汗津津的，听到医生的鼻腔很急促地喘着气息，我仍看不到医生的表情，我仰视的地方是天花板，天花板上垂挂着一个荧光灯管。

如果减小仰视的角度，就会看到从躺椅的钢架上伸过来的一个照明灯，医生借助它发出的光线在我的口腔里忙碌着，我感觉到医生在用什么东西剥离牙龈，感到丝丝的痛感。我告诉医生有点痛，医生根本就不理会我的话，仍径自说着如果不彻底清理牙结石会引发牙周炎，年龄大了有一口好牙比啥都好之类的话。我盯着荧光灯上的一只苍蝇数数：1、2、3、4、5、6、7、8、9……

好了，终于可以起来了。“拔牙后的注意事项都在门后贴着，你去看一下。”我不相信，我还没有感到那种很强烈的痛感，一个小小的个体脱离母体的时候，一定会很痛的，何况是在它根基牢固的时候，要硬生生地从母体上撕裂下来。从我躺到这个躺椅上到拔牙结束用了不到三十分钟的时间，等待麻醉剂生效用去将近二十分钟，拔牙用了不到十分钟，而我只是在注射麻醉剂的时候真真实实地感到了痛。“还想拔哪颗牙，今天优惠到底，不收费。”医生看我赖在躺椅上不起来，难得地开了玩笑。我知道这次是真的优惠，但我没有牙让他拔了。

从躺椅坐起来的时候，只用了几秒的时间。转身看到躺椅钢架上放着一个白搪瓷托盘，一个小东西在里面孤零零地躺着，看不清它的模样，它的四围是红红的血迹。我不敢说话，口腔里是浓烈的血腥气味，拔掉牙齿的地方被药棉填塞。我用手指了指那个小东西，医生已经摘掉口罩，他的嘴角露出一丝笑意，“那是你的牙齿。”我点点头，就是这个小东西折磨我将近一年的时间，如定时炸弹，随时引发一场痛感，好在今天它终于脱离我的口腔，与我相伴将近二十年，虽不舍，但也别无选择。

医生又给我开了克罗泡腾片，还是三天的量，嘱咐我一定要服用，还说有很多人拔牙后不吃消炎药，最终引发感染又回来住院就诊。

医生把处方递给我的时候，还没忘记让我做牙齿清洁术。我点点头，把医生的处方很小心地拿在手里，接下来的三天，又是克罗泡腾片，还有它泛出的细小气泡将陪伴着我。

盛开在水中的花朵

一

一条鱼静静地游过来。

水面波澜不惊，太阳慵懒地照着。

这是一条溪水，有时也会成为河水，岸的两边长满了树木，树木使河岸布满了绿荫。

现在是春末夏初，气温已经开始升高。岸上的野花早已盛开，小草们绿得肆无忌惮，三三两两的蝴蝶在花花草草间追逐飞舞着。

一条鱼儿静静地游过来，又一条鱼儿游了过来，很快就聚集了几十条。鱼儿们在水里欢快地游来游去，鱼鳍宛如盛开的花朵，舞动着，静静的，有一些诗意，很容易让人联想到，这些鱼儿们就是为水而生的花朵，水因为这些鱼儿们的存在溢满生机。

这是一片会游动的花朵，淡蓝的水就是纯色的布景。鱼儿们随意地点缀上去。一朵花，又一朵花，那些花儿们很淡然自在地开着。

岸上坐着一位老翁，须发皆白，看上去有七八十岁的样子，手擎着鱼竿，正在钓鱼。

水中的鱼儿们停止了游动。

老翁的鱼竿在水面上空悬着，一根丝线拴着鱼钩，鱼钩在距水面三尺高的地方轻轻地摆动着，那个鱼钩是直的。鱼儿们好像发现了什么惊天的秘密，在水里又开始四处游动起来，好像要把这个消息传递给其他的鱼儿们。

很快，有一群人围了过来，好像也是看热闹的，但感觉又不是，鱼儿们猜不透那些人究竟是在做什么。好奇的鱼儿们把眼睛瞪到鼓起来，也看不明白。

老翁跟随那些人走了，再也没有回来。

那些鱼儿们依旧每天在水里游动，像一片花丛。

时间如流水。

在一个夏日的午后，一个女孩子来到了河边。

这个女孩子好像很疲累的样子，眼睛红红的，可能是几天几夜没有合眼了。她将一个竹篮子放在了石阶上，取出一把白纱在水里荡起来，水面有了涟漪，并且形成了细浪，向四周放射开去，那些游动的鱼儿们受了惊吓，有的潜到了水底，有的隐进了水草里。

女孩子只是专注地漂洗着白纱，女孩子双颊红晕，俊俏的模样倒映在水里，然后身影随着水波轻盈地晃动着，仿佛有无数个女孩子跟随着水波，在水面舞动。

水中的鱼儿们已经没有了踪影。每一条鱼都是盛开在水里的花朵，这些盛开在水中的花儿们，只有在水里，它们才是真正盛开的花儿。

二

一条鱼静静地游过来。

水面波澜不惊，太阳慵懒地照着。

已经是秋天了，气温已经没有了夏季的酷热，凉意渐爽，水里的鱼儿们也欢快地游来游去。

一条鱼，又一条鱼。鱼儿们钻出藏身的水草，齐聚在水草周围地带，相互追逐着，享受着秋阳带来的暖意。

一个诱饵投了过来。鱼儿们受了惊吓，慌张地钻进水草。

太阳还是慵懒地照着，岸边垂钓的人，戴上了草帽，很悠闲地点上一支烟，他有足够的耐心，等待着那些鱼儿们。

对于那些鱼儿们，他是了解的。它们不会放弃悬垂在眼前的美味。这是鱼的劣根性，并且不长记性。纵使有死亡相威胁，也会伸上一嘴，凭着一时的侥幸心理，也许会掺有一些冲动。但这说的是那些没有见过世面的小鱼们。那些大一点儿的鱼，或者说是见过世面的鱼儿们，不会轻举妄动。它们知道，悬垂的不仅仅是诱饵那么简单，后面有一根丝线与死亡相连。它们要等，等到什么时候，它们自己也不知道，或是那个诱饵渐渐地发胀、发白，直至失去诱惑的气味，对它们不再有任何的诱惑力，它们也有足够的耐心。

太阳还是慵懒地照着，垂钓的人脱去了长衫，只穿了一件背心，又点上了一支烟，并且抖了抖鱼竿，鱼线带着鱼漂在水面上下动了动，泛起了一些涟漪，它们向四围散开来，又慢慢地匿迹。

鱼儿们沉不住气了，从水草里探出了头。它们感到危险似乎已经过去。

一条鱼，又一条鱼，诱饵还是静静地悬垂在那里，大胆的鱼儿快速地、毫不迟疑地冲上去，猛地一转身，迅速偏离方向，只是用尾巴打了诱饵一下，诱饵晃动起来，那些鱼儿们又快速地消失在水草里。

垂钓的人，并不急于拉起钓竿，他有足够的耐心，也有丰富的经验，知道是鱼儿们来试探了，真正的行动在后面。因为高兴，抑或是紧张与兴奋，他流下了汗水，周围的空气好像也停止了流动。

鱼线与鱼漂又沉静了，鱼饵还是悬垂在水里。

一条鱼，又一条鱼。鱼儿们又钻出了水草，水草依旧在慢慢地晃动着，张扬地舒展着纤细的腰肢，摇摇摆摆。水面下的世界，此时似乎已经凝滞，充满着某种玄机，但那些鱼儿感觉不到。

鱼儿们都相互观望着，鱼饵依旧不动声色，包藏的鱼钩似乎暗暗地紧了紧锋利的钩子，钩子也好像感触到了什么，兴奋地屏住了气息，只等待那闪电一击时刻的到来。是鱼儿们的一击，还是鱼竿与鱼线的一击，谁也说不清楚，只是知道有一击。

鱼钩自然没有足够的智力和时间来思考这些东西。垂钓者看不到水里的情形，只能凭借平日养成的捕猎感觉来判断，这种感觉已经越来越近，越来越清晰。

鱼饵依旧在静静地悬垂着，它的心因为紧张而弯曲着。鱼儿们停止了游动，它们不再观望，都向鱼饵急速地冲去，好像有一声号令，竟然是那样的整齐划一。嘴巴已经张开，鱼饵就在眼前，就在嘴边。倏忽，水草里发出了水流急速流动的声音，根本就不用思考，那些已经张大嘴巴，将要吞食鱼饵的小鱼们马上转身，再次隐进了水草里。

原来，水草里冲出了一条大鱼，闪着粼粼的银光，似一道闪电般划过，鱼饵已经没有了。只是一击，一击便中，快捷、高效。那些隐在水草里的小鱼们还没有缓过神来。

然后又是一击，是鱼竿与鱼线的一击。岸上垂钓的人迅速地拉起了鱼竿，大鱼晃动着美丽的尾巴，肥硕的身段扭动着，跟随鱼竿一起跃出了水面。

水草里的小鱼们探出头，看着刚才发生的一幕，凸起的眼睛随着大鱼跃出水面时舞起的抛物线转动着。

岸上垂钓的人，高兴地晃动着鱼竿，向远处的同行们大声吆喝着，炫耀着：好大的一条鱼啊！

那条大鱼再也没有回到水里。

太阳依旧慵懒地照着。

岸上垂钓的人又点燃了一支烟，他有足够的耐心等待。

鱼饵又静静地悬垂在水里。

那些鱼儿们又游出了用以隐身的水草。

……

雨雪霏霏

一夜清雨，枕着雨声沉沉睡去。清晨在雨声、清脆的鸟鸣声中醒来。

昨日小满，白日天气尚晴，晚间出去散步还能看到天上零散的星星。及至夜间10时许，听闻细碎敲窗声。先是试探性地敲击，像是怀着忐忑，害怕打扰了世人的清梦；再是节奏加快，但敲击的声音一直是恒定的低频率，更多的像是在耳边的私语。不由得心里一动，猛然从床上起身，正在看的一本书都没有来得及合上，向着窗户的位置探耳再细听：是雨，下雨了！

起床来至窗前，窗帘稍开，清冷的天光顺着微开的窗帘进入我的眼里。窗外灯光多已凋零，雨夜更显静谧。我看见这初夏时节的雨丝悄悄地潜入人世。一节三候，各有讲究。小满时节的雨，不躁，不狂，淋漓，丰沛。

其实，在说到雨的时候，我竟想起那年去弘福寺遇见的雪。我是在2013年农历的正月十七日到达贵阳的。当晚雨雪来袭，先是细雨，夹杂了大朵的雪花。稍待片刻，转换成大朵的雪花，夹杂着微雨。从北方启程时，雨水节气刚过几日，一个冬季也没有看到雪的影子，在遥远的南方，我与雪花欣然邂逅。第二日早起，雪势不减，且更有猛势。

弘福寺在黔灵山。

2012 年，我曾到此参加一个活动的颁奖典礼，主办方组织大家游览黔灵山。那时，与弘福寺有过短短的相遇。弘福寺海拔颇高，因是集体活动，导游也没有刻意介绍，只是下山路过去往弘福寺的路口时，抬手向山上指了指，说弘福寺在上面。话语简省，信息量少而又少。随手查手机百度，知弘福寺之盛景，心下暗许，来日我须来弘福寺。

时隔四个月，感觉时间的间隔也没有如此漫长，我又来到贵阳。雨雪霏霏也不能阻挡我要上山拜谒的喜悦感。

走出下榻的宾馆，昏黄的路灯映照出漫天飞舞的雪花，仿佛此刻它们是这天地之间的主宰。雨雪簌簌飘落的声音互相掺杂，挤挤撞撞，纷纷扰扰跌落于这初春的人间。

出租车将我放在黔灵山山脚下，还没有看到山门，也没有如我一样的早行人，到处都是肆意舞动的雨雪。

离黔灵山的山门还有一段路程，路边插了警示标牌，提示前方道路维修，过往车辆注意安全，请绕行！因为道路在维修，路灯也没有开。好在一个晚间的落雪颇厚，雪白无瑕，犹如为我铺垫了朝觐的通路。

按照记忆中的路线，向北走不多远，黔灵山的山门便在眼前，此时感觉雪势更大，是一种掩盖世间一切的气势。浩大的雪遮掩了眼睛，竟不能明辨路况。山门下一处黑色的区域，四围是白色的落雪，意识里黑色的区域应该是可以通行的。落脚过去，才知道自己判断错误。竟是聚集的一汪水，落下去的鞋子瞬间淹没，因为行路已经温热的脚丫子受了冷水的刺激，引起我的慌张，竟不能再选择前行的路线，只好不管不顾地从一摊水里跳奔过去。

看到背依山门的立柱，深呼一口气，慌张的心情安稳下来。穿的是皮鞋，垫了鞋垫，脱掉鞋子，倒出灌进鞋子里的雪水，把鞋垫、袜子脱了拧干。将鞋垫装进衣兜，利落地重穿袜子。苦了一双脚，冷不怕，关键是湿，这窘况在短时间内不能得到排解。曾经想过回酒店去，那里有温暖的被窝，人为地营造出的煦暖的环境。继而想到这一次或许是今生最后一次来弘福寺，只是不想留了遗憾，心底给自己暗暗鼓了鼓劲儿，继续前行。

进得山门，向西北方行不多远，便寻得上弘福寺的路口。路面湿滑，雪面以下结一层薄冰，上山的路更加难行，我认准山路左边生长荒草的地方，一步一步向上攀爬。在半山的凉亭休憩时，遇到一个下山的人。他比我早上山，雪已掩藏了他的行踪，我以为我是第一个来此的香客，没想到还有早行人。但我比他坚持，他已经退缩了。询问还有多远到达弘福寺，他劝我回去，上面更加难行。谢过他的好意。看看天空，雪势似乎更大，眼前的落雪竟有雨势。转头看远山，目光穿不透雪帘，到处白蒙蒙一片。

弘福寺是突然出现在我面前的。我只顾低头辨识道路上行，一堵照壁现于眼前，越过照壁会看到什么？无解。就这样，我看到弘福寺安然地耸立在盛大的雪幕里，我的到来，它是否早已知晓？今天想到这个问题，心里竟有泪意。起初没有想，现在想也没有谁能告诉我答案，弘福寺也不能。从知道弘福寺，到今天站在弘福寺面前，我只是一个过客，昨天是，今天是，明天也是。

雪势依旧很大。庙门未开，门下积雪，敞阔的庙门前只有我一人，这个清晨于我是何等奢侈！庙门北侧一株参天的大树耸立，抬头竟不能看到树冠。树干黑魆魆的影子穿越重重雪帘，在我面前形成硬质的气韵，似有飞升之意，向雪空无限伸展。此时各种声音入耳。山风好似咬住了什么物体，刻意压制自己肆虐的声音；细听似乎是在向遥远的另一处奔逃喘息，它也不想打破此时此地的静寂。雪依旧不管不顾地坠落，它们急于回归尘世。红尘滚滚，由它们可得静心。

天光熹微，听到身后庙门传来轻微的响动。

俄顷，边门从里面打开，是早起的师父，一袭黄褐色棉袍，一顶黄褐色毡帽，一条黑色的毛线围脖绕脖颈一周，一头搭在身前，一头甩在身后，面色如玉，泛着祥和的光泽，与这雪相映，多了淡然，我的心境进而无端无际。与师父合手行礼，师父微弓腰以还礼。

大殿的门还有落锁，我须再等。师父们早课结束应是用餐时分。站在大殿的廊下，看落雪纷纷扰扰。天色已经不是灰暗，雪光透着一股清亮，借着日明的行程，天色越发明眼。有早起的勤杂人员已开始忙着生炉取暖，他们皆俗世穿着，烟火袅袅飘出了寺院的上空。在这个落雪的清晨，寺院仿若仙境。勤杂来往皆低声匆忙，照例清寂，落雪的声音衬出四周无边无际的寂静。

就在此刻，翘檐滴水，它们以时间不能等待的速度滴落，敲击着檐下因它们锲而不舍地滴落形成的小小水坑。水坑浅深不一，与翘檐互为印证，在檐下依次排列开去，水面时而平静，时而微澜。由滴水形成的声响形成不同的音律，在这个静寂的清晨，时而宏大，时而消隐。碎影泠泠，清音遥遥，思绪悠悠。

我在这样的时光里伫立，一动不动。

剥　离

引　子

那把刀就在我眼前飞快地挪移着。刀刃泛着寒光，猪身开始分离，白花花的肉露了出来。我喂养的那头大花猪已经看不出原来的模样。

母亲忙着烧水，白雾一样的水汽透过苇子编的盖垫，厨房就像仙境。杀猪匠急急地掀开盖垫，舀了开水浇上去。

一

现在，我就坐在医生的对面。一个秋日的午后，阳光透过玻璃窗，暖暖地照在我的身上，但我的心里却有丝丝的寒意在升腾。

医生说，这是典型的皮质瘊，已经有了炎症，应该及早切除。这个皮质瘊子，就长在我右耳靠后的地方。从我出生那一刻起，它就跟着我，将近四十年了。最近它好像对我有了新的看法，时不时地闹出一些症状，提醒我它的存在。

记得小时候，因为顽皮好动，经常一个人出去玩耍，往往会走到离家很远的其他村庄去。开始时，大人们还感到恐惧。离家的次数多了，大人们也就见怪不怪了。

有一次，我问母亲："为什么我出去后，你们不感到恐惧，不再出去找我。"

母亲说："你身上有一个记号，即使真丢了，也好找。"

母亲便用手牵着我的手，指向我的右耳后，说："就是这里。"

我的小手便摸到了一个肉肉的小东西。

从那时起，我知道自己身上比别人多了一样东西。说实话，直到今天，对于这个皮质瘊子，我是处于麻木状态的。只有在理发时，理发师会偶尔地提醒我："啊呀，你这里还有这样的一个'宝贝'。"

我问医生，可不可以不用手术，直接用激光处理。

医生抬起头，用和善的笑脸回答我："不行，那个瘊子在皮下有了根基，如果只是用激光打，残存在皮下的根会再继续生长的，必须通过手术进行剥离，将它彻底切除。"

说完，他握着钢笔的右手在我的面前有力地一挥，好像为了进一步强调他的这个方案的重要性，还追加了一句："斩草除根。"

我的脑子开始游离，医生说剥离，我就想到了那个杀猪的场面。杀猪匠的热水浇下去，猪皮在铁桶里开始膨胀，泛着难闻的腥味。没有多久，还在凄厉惨叫的大花猪已经变成了大白猪，四脚朝天地躺在杀猪板上。它的肚子完全开放，是一个空壳，杀猪匠已经将猪丰满的内脏从它的躯体上剥离，把散放在周围的盆盆罐罐填满。父亲会递上一支“大前门”的纸卷烟。“大前门”的纸卷烟是过年时父亲用来招待尊贵客人的，今天招待了杀猪匠。杀猪匠很得意地将烟夹在耳后，一件黑棉袄已是油花花的，杀猪匠只穿了左袖子，将右袄袖斜斜地围在腰上，露出半身健壮瓷实的肌肉。内脏剥离完了，杀猪匠并不歇息，拿起剔骨刀又开始剥离猪的肋骨，随着手里刀子的活动，杀猪匠身上的肌肉也跟随着跳动。

父亲的那支“大前门”许是起了作用，杀猪匠手里的剔骨刀灵活得如飞起一般。大花猪的肉身从骨架上脱落下来，肋骨上没有半点肉丝，白花花的。围观的大人们连连赞叹：“好刀法！”我不懂，只看见剔骨刀的寒光在我的眼前晃来晃去。

二

拿着医生开的处方，划价交钱，从药房领回了一次性手术包，还有两瓶液体，一个注射器。

医生笑眯眯地说：“要方便的话，现在就去，一会儿就去手术室。”

大小是一个手术，心里不安定，慌慌的，经医生的提醒，好像真的有了尿意，急急忙忙去厕所，反而什么感觉也没有了。

再回到诊室时，医生依旧笑眯眯地说："跟我来。"

说完，拿了手术物品在前面走，我跟在后面。拐了几个弯，到了门诊手术室，护士把我们迎了进去。

手术室里有一张简易的手术床。医生用手一指，说："到床上趴着，别紧张，几分钟就好。"

说完就去整理手术器械，耳听着医生和护士在絮絮叨叨地说着手术器械的名称及数量。我索性闭上眼睛，听从着医生和护士的安排。

医生过来在我的脖子上围了一条简易围巾，然后又在我的头上盖了什么东西，我感觉有凉凉的东西擦过那个瘊子所在的区域。又听到开关的声音，感觉头部有了温热。我知道，这肯定是护士打开了在我头顶上方的无影灯。

"放松，别紧张，打麻药时会有些疼。"说实话，疼倒不怕，只是紧张。有被针刺痛的感觉。

医生说："打了麻药，一会儿就不痛了。"但我还是疼得把脚绷了再绷。

那头大花猪凄厉的惨叫声好像还在耳边回响，帮忙的大人们在杀猪匠的指挥下，把猪死死地捆绑在杀猪板上，平日温顺的大花猪已经意识到末日的来临，竭力地挣扎着，大人们的脸上却是满足的笑容，评论着能出多少肉。杀猪匠操起带来的手腕粗的铁棍，在大花猪的耳后比画着，然后，睁圆双目，咬紧嘴唇，用尽浑身的力气抡起铁棍，铁棍在空中划过一个优美的弧度，带过一片风声，吓得我赶紧闭上眼睛。大花猪闷哼一声，接下来的惨叫更加凄厉。杀猪匠再次抡起手腕粗的铁棍，大花猪不再惨叫，一切静止了……

医生和护士开着玩笑。我感觉到有手在我的后脑勺上忙碌着。不一会儿，我感觉到好像有什么东西淌到了左耳上，热乎乎的。

护士说："我拿止血钳压着吧。"

"不用的，一会儿就好，头部的小手术出血会多一点。"医生说："你看瘊子的根部出来了。"

我在想象着这个瘊子的模样。医生却对我说："好了，起来吧。"这么快？我有些不相信自己的耳朵。

医生拍了拍我，开玩笑道："还要割哪里？说话，今天大奉送。"

从手术床上下来，医生用镊子夹着一个青灰色的肉瘤给我看。它是我身体的一部分，今天终于可以通过我的眼睛与它直视。医生说："今天的剥离很成功，根部清楚，没有粘连，放心，吃点消炎药，用不了几天，伤口就会愈合的。"

我没有感觉到痛，是因为麻药的作用。我记住了医生频繁使用的一个词：剥离。

从幼年到少年，到青年，再到中年，生命的历程，让我剥离了很多与我身体有关和无关的东西，如同今天下午，一个有炎症的皮质瘊就此从我的身体上消失，让我在以后的日子里将不再受它的困扰。

禅院的午后时光

禅院在山里，我们到达那里的时候已经是午后。

刚下车，便有小贩过来兜售香火纸烛，购得几样，便走进了禅院。禅院没有门槛，不用抬腿，便从嘈杂的叫卖声中，走进了这清静之地。

曾多次来禅院，内里的建筑格局了然于心，焚了纸钱，燃了香烛，跪拜过后，便随意在禅院里走走，如同是在自家的院子，没有丝毫拘束的情形。

我想先从一棵柿子树说起。

以前来的时候，只是看到柿子树枝繁叶茂，树冠高耸，已是一棵大树的模样。它独自生长在大殿的西侧，整个院落只有这一棵树，但它并没有引起我过多的关注。现在是秋季，已经步步向深秋迈进，树已经结满柿子，橙黄色的是刚开始成熟的，深红色的是已经熟透的。

引起我注意的是它发出的响声，我在大殿的时候，就听到大殿外有一种声音，类似于一种物体从高空落下，和地面接触后发出的扑通的声音。出大殿，我刚好看见一个柿子从柿子树上自由落下。不知道是何种原因，熟透的柿子并没有人采摘，树下是掉落摔烂的柿子，橙红的果汁放射状铺满地，空气中有一丝丝的甜香直冲鼻翼。

有几只鸽子在树下啄食，人们走近了也不飞去，只是偶尔侧目好奇地看着走近的人们。在禅院，在它们的眼里，或者在它们小小的心灵里，根本就没有险恶存在，它们日日在此聆听佛祖的教诲，仿佛已经悟出佛祖教诲的禅机。

大殿的屋顶也成了鸽子的嬉戏地，我看到有两只鸽子飞到了大殿的屋顶，也看出它们很欢愉，它们根本就没有把我放在眼里。

柿子树长在到后殿的必经之路上，从落地的柿子的空隙里跳跃过去，便是一级高层台阶，台阶连着禅院的后殿。这里的阳光很充足，我甚至都想在这里席地而卧，居士正坐在椅子上打着盹儿，我放轻脚步，不愿扰了他的清梦。那些香火袅袅地氤氲开来，把一个不大的空间渲染得空蒙。菩萨塑像以及坐在椅子上打盹儿的居士，都被蒙上了一层温暖且神秘的色彩。

走出禅院，刚才买他香烛的小贩热情地招呼我过去喝一杯清茶，脸上是很真诚的笑，如同禅院门外盛开的菊花般灿烂。随意走进小贩搭起的简易棚子，一张小桌放在棚子的边上，上面放置了各种规格的香烛，几只小马扎零乱地摆在小桌的四周，这会儿小桌又做了我们的茶几。

茶叶并不见得有多好，但也有丝丝的清香，水很甘洌，应该是山泉水。昨夜刚下过雨，棚子上面凹的地方积了雨水，在我们喝茶的时候，有水滴不断地渗下来，滴滴答答，计算着时间的流逝。一只红冠公鸡带了几只母鸡在棚子外的杂草堆里刨食吃，阳光很柔和地洒落下来。

路南是禅院，路北便是小贩们的经营场所。一条路不能隔绝昏晓，却也隔绝了清静与喧嚣。不时有游客过来，小贩们蜂拥而上，片刻的清静时光便会被扰乱。

穿　越

每天清晨我都要骑摩托车去五里以外的单位上班。单位在镇上，我住在村子里。从参加工作到现在，我一直住在村子里，这里是我出生的地方。

我家住在村子的西边，每天，我都是骑车匆匆地从村子穿过，先是向东穿过三条大街，然后再向南穿过两条大街和九条胡同，最后从村子的南门出村。

我们村子属于中心村，四周围了几个村子。依托地理的优势，这里有了自由市场。每天清晨，农人们都会到这里出售自家菜园种植的作物。那些刚下架的蔬菜还带着清晨的露珠，各色的瓜果还带着昨夜田野的清香。

在我向东经过的第一条大街上有一家肉制品店，每天清晨老板都会把广告牌子放到大街上，上面书写了各种肉制品的最新价格，今天早晨的后肘肉是十二元五角，花肉是十二元。我昨天经过这里时记得后肘肉是十二元，花肉是十一元五角。昨天中午在单位食堂用餐时，和同事们说起肉的价格，有同事说，鸡蛋涨价了，然后有同事说，鸡蛋涨价，猪肉也就快了。不承想，今天猪肉的价格就上去了。

实际上，这条街上有两家肉店，经营的都是地方的著名品牌。两家店我都光顾过，那些肉都静静地摆放在冷冻展示柜里，各色肉分割得清清楚楚，里脊肉、五花肉、后肘肉、前肘肉都明码标价，最便宜的是五花肉，还有各种熟肉制品：火腿、火腿肠、烤肉，方便人们各取所需。

想起早年卖猪肉的店铺，用三根圆木临时绑一个木架，泛着油亮的铁钩直接挂了猪肉就悬挂在木架上。

猪肉价格五角钱一斤，还要托关系才能买那些肥肥的五花肉，能买到全瘦的那就不是一般的关系了。食用油供应也少得可怜，我又不愿吃肥肉，母亲就会把买来的肥肉在热锅里慢慢地熬，把肥肉里的油全部提炼出来，剩下焦黄色的，不含油星的肉片，有一点脆，它有一个名字“脂渣”。幼时吃了很多这样的脂渣，但也没有让我对肥肉产生一丁点儿的食欲。

母亲曾经用提炼出来的脂油做过炒面，那时感觉这是不可多得的美味，当然也不是家家户户都能吃得上的。母亲总是细细地计划着家庭的所有开支，还要把全家的伙食调剂周全，但也往往捉襟见肘。

现在，超市里琳琅满目的各色炒面应有尽有。也曾经买了一袋有名的黑芝麻糊来喝，但已经没有早年的那种味道。之所以买了那种芝麻糊，全是因为那个广告诱惑了我。

单位还作为福利给大家分发了一种我们这里出产的糯甜玉米速溶粉，二十克一包，开水冲下去，慢慢搅拌起来，一丝玉米特有的甜香直冲鼻翼，但实际喝起来，全然没有玉米的味道。

继续向东，这条街上有一家蛋糕店。每次经过这里，都会闻到浓香的奶油味，当然还掺杂着水果的清香味。

蛋糕店是一对小夫妻开的。小店拾掇得整洁，临街的橱窗摆满了各式的蛋糕。小夫妻身穿洁白的工作服在橱窗后面的工作间里忙忙碌碌。我每天的早点都是在他们这里选购一个小蛋糕，外加一盒牛奶。

这条街上有几家卖水果的摊位，本村的就有三家，现在是春天，有“春天第一枝”美誉的大樱桃占尽了市场的风头。那些樱桃如水晶般玲珑剔透，泛着明亮的光泽。大紫、大红灯、大红袍，那些红红的大樱桃浓艳了一条街。

南方的水果也有，香蕉、菠萝、橘子、橙子、桂圆、荔枝，等等。昨天，它们也许还在飞奔的火车上，或者是在飞机上；今天，它们就出现在了我们面前。如果不是应季的大樱桃上市，它们的销售是很火爆的。本地水果也占有很大市场，红富士苹果、莱阳梨是去年的产品，今年刚上市的桃子、杏，以及大棚种植的西瓜、葡萄、甜瓜等等，价格不菲，但每一个摊位前都围满了选购的人群。

这条街因为是中心街，车来人往，熙熙攘攘，就拥挤一些。向南穿过一条大街，村里的卫生所占据了一个有利地势。一块铁牌写了“卫生所”三个红字，固定在门前的电线杆上。医生可能是刚起床，拿了一个牙缸，蹲在卫生所门前的石阶上，把自己的头使劲地摇晃着，接着喝一大口水，仰起头来，张大嘴巴很响亮地漱口，然后急速地喷出去，用一条搭在肩上的花毛巾擦擦嘴角的白色泡沫。我们互相打着招呼。

我曾请他给我母亲打过点滴。母亲的血管极难找，曾让镇上医院的护士也很犯怵，他去了，一针下去就好了，母亲甚至还没有来得及皱起眉头，针尖便很轻巧地扎进了血管里。最主要的，还是他的医术让我放心。

母亲是风湿性心脏病，置换过多个心脏瓣膜，镇上医院的老医生见了除了好奇，再就是沉默。即使是常见的感冒，老医生们也不敢下药。这位村里的医生敢，他告诉我，他毕业之前是在省城的一家大医院实习的，见多了这样的病例，母亲的许多常见病症，在他这里都得到了有效的治疗。我问他为何要到农村来，以他这样的技术可以到更好的医院去。他没有说话，只是把玩着手里的听诊器。

相比起胡同，我更愿意走大街。但那些胡同，我还是要路过的，因为它们是村子的一部分。

实际上，我只是从外部对它们完成了每天的穿越历程，更多的东西是隐秘，是我无从知晓的。我只是从大街穿过时，转头看到它们的模样，笔直，宽敞，阳光占据了大半的空间。

我们村子从七十年代末开始对旧村进行改造，那些狭长的胡同如今已经不复存在。记得村子里有一条长胡同，有一百多米的样子，这条胡同里只住了一户人家。那条胡同更像是一条狭长的带子，两边是黄土堆砌的高墙，高墙里是浓荫蔽日的高树，高墙上是丛生的蒿草。高墙、高树、蒿草把一条胡同隐蔽得阴森可怕，即使是白天，我也不敢走进去。

那户人家的外门低矮，门上的油漆已经脱落，露出黄色的木质纹理，那些纹理是沧桑的，已经有了浅浅的沟壑在上面。这户人家就像是一个落单的孩子，孤零零地守住了穿流而过的风和每一个孤独的日日夜夜。

每次和小伙伴进入这条胡同，都是互相壮足了胆子，相互拉着手，屏住了气息。行不多远，手心就开始冒汗，好像胡同里是一个神秘的世界，也许有老人们讲的传说里的鬼怪在里面。经过那户人家时，门扉是半掩的，院子里是一个灰白的世界，死一般寂静。也许是什么物件发出了声音，也许什么声音也没有，那种恐惧是发自内心的，伙伴们发一声喊，撒开牵扯的手，发力狂奔，好像有什么东西从身后追赶而来。

村子改造后，这条胡同就从村子里彻底消失了，就像是昨夜的风，就在眨眼间，便无影无踪。

旧胡同消失了，旧村子也消失了。

如今，出村子的路是笔直的，它的前方连接着一个更繁华的小镇，还有我的工作单位。

每天我都在穿越，我试着穿越那些即将到来的时光，而旧时光依旧在我的身后不停地抚摸我的后脑勺。

另一座“村庄”，与我有关

从早晨开始，天气就阴阴的，半空里像是铺了一层薄雾一样，把太阳和地面隔离开来。太阳光仍旧在照射，只是已经没有了明朗的活力。阳光透过一层青灰色的阴云，把整个世界变得灰白、黯然。我一般不出门，窝在家里东套间的土炕上看书。每年的这天，天总是这样阴冷，这青灰色的阴云扰得人心里悲戚戚的。

父亲在外间屋子里忙碌着，偶尔说几句话，而我全部的心思都在书上，听不清父亲絮絮叨叨地说了什么。

后来，父亲进来问我什么时间去，叮嘱我要赶早，不能太晚，晚了就来不及了。今天是阴历的十月初一，我清清楚楚地记得，今天我必须去另一座“村庄”去看一些人，这已经成了我的习惯。每年这天，我都会有一种魂不守舍的感觉，如果我正在忙着一件事情，或者是把这一天是什么日子给忘掉了，便会有一种隐秘的东西牵扯着我，让我在懵懂中猛然惊醒，记起今天应该是去看他们的日子。

父亲已经帮我拾掇好去看他们的礼品。临出门的时候，父亲还说要我多陪他们说会儿话。

最先去这座“村庄”的是奶奶。

奶奶去的时候，秋季已过大半，田野里看不见站立的庄稼，村庄里到处弥漫着粮食的醇香。奶奶走的那天，我在单位上班，接到电话往家赶的时候，我只是无意识地抬头看了看天，天上飞过了一片云彩，云彩是金黄色的。回到家的时候，奶奶已经上路，奶奶是吃了新收的庄稼饭后上路的。

家门外的土路被太阳金黄的色彩包裹起来，我想到奶奶走在上面，腰板还是那么的硬朗，急匆匆的脚步还是跟不上前倾的身子，一辈子的急脾气。我又想起了天上那片金黄的云彩，抬起头时，那片云彩还在，不知道奶奶会不会正站在那片金黄的云彩上看着我。我还记得奶奶走的时候，爷爷只说了三个字“你奶奶……”然后就什么也说不出。我看到爷爷花白的头发、花白的胡子抖抖索索，充满了无限哀伤。

爷爷来这座“村庄”的时候，是在一个冬天的晚上，爷爷临走时还是说了三个字“你奶奶……”然后就什么也说不出，我看到爷爷的眼睛里很亮地闪了一下。那一闪，闪得我心痛。屋外的寒意浸润进屋子，我感觉到周身被浓厚的寒气包围着，火红的煤炉子也驱不走半点寒意。

爷爷走的那日，冬日的阳光也消失了，天阴沉沉的，没有风，到下午就开始下雪了，是很大的雪，很多年没有下那么大的雪了，雪花纷纷扬扬地飘落下来，洁白的哀伤层层累积。爷爷去“村庄”的第七天，我去看他，村庄里的积雪开始融化，爷爷、奶奶住的“村子”还是雪白一片，那些白色的哀伤久久盘桓不去。爷爷走了一百天的时候，初春来临，我又去看他，在爷爷、奶奶坟茔的后面竟然还有残雪的影子。

后来，母亲也来了。

母亲来的时候是初夏时节，天气回暖了，那些花树已开始怒放，母亲是在花香的牵引下来的。在母亲来这座“村庄”之前，连着下了三个晚上的雨，白天都是晴朗的天气，太阳暖暖地照着世间的万物。父亲和我说，那是老天在给你母亲净路压尘呢，让你母亲利利落落干干净净地去。

母亲走的当天晚上，天又下了雨，电闪雷鸣。第二天起来，街坊们和我说，你母亲好有福气，你们儿女的福气也来了。我不懂这些现象的背后隐匿着什么，但我知道母亲是懂节令的，幼时母亲就教我学唱《二十四节气歌》：“春雨惊春清谷天，夏满芒夏暑相连……”母亲知道夏初是盖房子最好的时节，然后母亲就选在这个时节去了。

现在，爷爷、奶奶、母亲在这个“村子”都有了自己的家。我曾经想过，我现在住的家只是一座房子，现在还坚持这样的想法，这座房子在这个世间只是我暂时栖身的地方。我想到以后自己在那座“村庄”安家的时候，也要靠他们近一点，一个人不能离家太远，那时候我守得近，可以天天看到他们。

母亲的新家和爷爷、奶奶的家紧挨着，给母亲安家的时候，父亲说：“靠着爷爷奶奶，就还是一大家子人，以后你们来这里看我们也好找。”是的，父亲说得没错，我很快就找到他们的家了。叫一声“爷爷、奶奶”，再叫一声“娘，我来看你们”。把带来的礼品呈上去，焚了纸钱，燃上香烛，再给坟茔上培上厚厚的土。我选了干燥的黄土，爷爷、奶奶年纪大，怕冷；母亲有风湿也怕冷，想着这样这个冬天他们就会舒服一点。何况，母亲的家是新家，没有很好的通风也许会潮湿。

邻居的儿子也来了，跪在他家的坟前一边焚烧着纸钱，一边哀哀地哭，嘴里不知道絮叨着什么，我一句也听不清。

我不哭，并不是不想哭。我想笑，笑得好看一些，爷爷、奶奶、母亲看到我的笑，就会很放心，他们也希望我笑，这样他们就会知道我生活得很好。

到这座“村庄”的人越来越多。

这些人都在自家亲人的坟前焚烧着纸钱，整座“村庄”笼罩在一片烟霭里。我在想，那些烟火气息会不会让他们感觉这儿还是他们生前生活过的那座村庄，那座村庄里有他们的子孙在快乐地生活着。

太阳依旧发着灰白色的光，我看见那些草正努力地泛着一片金黄，把爷爷、奶奶和母亲所在的“村庄”的剩余空间占满了，秋草被秋风抚摸过后，发出飒飒的声音。

一座城市对水的记忆

我想先从一个传说开始说起。

传说有一个富饶美丽的地方，人们安居乐业，充分享受着勤劳的果实，日子安逸而美好。高耸入云的梧桐林里住着一对金凤凰，统率着林中百鸟。后来，东海一条强龙眼红这里的丰美，驱走了凤凰，将这里变成了一片泽国，并据为自己的领地，人们纷纷逃离家园。地方官忧心于百姓的处境，想建一座城楼镇住东海强龙，然而水势肆虐，当地工匠无人能建。

这天，来了两个人，一个叫王东，一个叫王昌。他们自告奋勇，愿意承建。原来，这两人就是被强龙赶走的那对凤凰所生的儿子。王东、王昌建城，凤凰率百鸟送来木石用料。不长时间，一座雄伟的湖城建成了。人们为了纪念凤凰在建城中的功绩，便将该城起名为凤凰城。后来，东海强龙又兴风作浪，企图摧毁新城。此时，王东、王昌力战强龙。强龙逃往东海，扒出一条水道，引海水来灌城。为救凤凰城的百姓，王东、王昌兄弟二人钻入水下，用身子堵住了水道。

每一个地域所在，好像我们的先人都赋予了他们一个精神的内涵。没有别的想法，只是想让后人认识到前人创业的艰难，也不能让后人忘了根本之所在。

因此，不管是一段传说，还是其他什么事物；不管是属于精神上的，还是属于物质上的，如果它能存在，并且这种存在状态从它诞生那天起就持续到现在，并且还会保持原有的存在状态一直延续下去，那它必定有其存在的理由。

我从胶东半岛的一座海滨小城出发，途中转一次车，到达目的地后，刚出车站就看到朋友驱车来接我。我给他说，我家就住在大海边，自己家乡的水还没有看够，这次却非得跑你们聊城来看水，真是有意思。

朋友多次给我说过东昌湖。在没有见过东昌湖时，还以为和家乡的沟湾坑塘差不多，毕竟，湖之于海，还是要小很多，何况在我们胶东并不缺水，也就不缺那些沟湾坑塘。然而，朋友对于东昌湖的那份倾心，是和我不同的。

朋友开动了车，问我是先住店，还是先转转。我说，只要不把我拉进东昌湖里去和湖仙们聊天，随便去哪里都行。我的身体向后仰了一下，朋友的车子好像提了一下速度。

坐在副驾的位置是很惬意的，阳光透过挡风玻璃照射进来，车内的气温开始上升，朋友适时地打开车窗，追随的风马上吹进来，在前方出现一片水泽，猛地涌进我的视线，水泽泛着耀眼的白光。我没有看到舟楫白帆，只看到岸边的柳树依依，衬了水泽的背景更是别有一番风情。朋友告诉我，这便是东昌湖了。

对于水的描述，我想还没有人能超出孔子。孔圣人很理性地说出了水的实质，因此后来的我们只能是做一些简单的描述而已。即使这样，也难企及他所表述的境界。

我想到这番话的时候，太阳已经划过半空，东昌湖的水在秋阳的抚摸下，水面波澜不惊，有浅浅的涟漪相连，我不敢把它们比作一段光滑的丝绸，或者是一些其他的柔软物质，这些已经被人们千万次地比兴过。况且，这一切的比兴都太过于浅陋，不能很好地描述出东昌湖的实质及内涵。我想说就是一湖水在此，这就足够了，这样可以给所有人留下足够的想象空间，而这个想象空间可以因人而异，因此东昌湖便在人们的想象里变得异彩纷呈。

东昌湖对于古聊城像是一个守护者。

后人在无数次凝望东昌湖后，赋予其一些精神内涵，且上升到文化的范畴。在我多次说到东昌湖时，我们可以把关注的目光放远一些。此时，我们会看到孕育了中华民族的母亲河，黄河水日夜欢歌，从聊城的东南方旖旎而来，在古城的身边穿行而过。如果我们顺着时间的河流再进一步上溯，会看到古人开挖东昌湖时劳碌的身影，那场景远比传说中要艰苦得多。东昌湖已不仅是一条普通的水系，它代表着一座城市。

因此，我们可以说，东昌湖是聊城佩挂在额前的一块美玉，这块美玉玲珑剔透，不掺杂丝毫瑕疵。此刻，东昌湖的水正与我相望，我努力想看穿东昌湖的千年风雨，东昌湖静默无语，在我的心里生起了层层涟漪，那些涟漪开始在我的胸间荡涤，层层漫延开去。

在北方，如果不靠海，也没有高山，是很难有大的水系存在的。聊城因水而声名远播，东昌湖无疑起了一定的作用。

东昌湖深似海，它的胸怀博大宽广，是北方难得一见的内陆水系。古城中有湖，湖中有城，城湖浑然一体。这是很独特的城市布局。

从东昌湖出发顺古运河向东南而行，便会见到一个古建筑群，其坐西向东，面河而立，这是建于清代的山陕会馆。明清时期，聊城地处南北要冲，古运河的开凿，为当时商业的高速发展提供了重要条件。

我不知道当时的盛况如何，但仅有的文字记载也只是寥寥几字，描述了当时的盛况，“廛市烟火之相望，不下十万户”，那些明明灭灭的烟火可与秦淮的桨声灯影相媲美了。

山陕会馆始建于公元1743年，也就是从乾隆八年开始，山陕会馆开始雄踞运河的西岸，日夜与运河相守，阅尽运河兴衰历程。一条水系的诞生改变了很多人的思维方式。

山陕会馆中有这样的一副阳文楹联：“气本似珠，看午夜光分奎壁；功源济水，居离宫位按丙丁。”商贾们奢望的是财源如同水源一样，源源流淌，昼夜不歇。

现在，我就面对着山陕会馆，我的身后就是京杭大运河。对于山陕会馆的建筑格局与模式，我只能是用一个词来形容：雄浑大气。岁月的侵蚀已经使山陕会馆失去了富丽堂皇的旧貌，如果是在它的兴盛时期，这些词与它应该是很匹配的。

古运河几千年的流水，以及从源头上吹过的风，把山陕会馆的盛景带走，只剩了一副躯壳，还有一些落寞的香火。千年是古运河存在的时间，千年的时间可以改变很多，包括沧海，也包括桑田。

太阳在光岳楼西歇山的檐角之间开始下落，当西歇山上的最后一层檐角也不能挂住太阳的时候，白昼丧失了最后的威力，天空渐渐地暗淡下来。

我是在第二天的下午登上光岳楼的，从光岳楼里出来，已经是黄昏时分。我看着黑夜以它独有的耐性把白昼一点一点地吞噬，就像是一滴墨汁，滴落于水面，那些袅袅舞动的墨色带了神秘，包容了光岳楼，以及光岳楼周围的一切。

实际上，东昌湖和光岳楼是一个整体，在我昨天到达东昌湖的时候，朋友就给我讲述了开头的那段传说，并极力怂恿我登楼远望。但我有自己的想法，我想我还不如手捧一本书，坐在午后的阳光下，可以阅尽古城的时光。

不知道当年的乾隆皇帝是如何评价光岳楼的，我登上光岳楼的时候，心里还是装了对古楼的崇敬的。当然，还保存了几分清醒。

让我们回到开始的那段传说。我想把这个传说放到现代来进行阐释，就是从我登上古楼的那一刻开始，就有了这样的想法，古与新，兴与衰，都放到一边，古城一定会如凤凰涅槃一般腾飞的。

莱州看海

人到中年，竟然喜欢上看大海。我居于莱州小城，莱州位于渤海之滨，渤海有以莱州为名的海湾。

我是土生土长的莱州人，换句话说就是莱州的土著。我出生的村庄就在海边，整个少年时期几乎都是在海边成长起来的。莱州湾有长长的海岸线，西部是浅滩区，东部是深海区。浅滩区有丰富的贝类资源，生长着各种蛤蜊。蛤蜊有大有小，有黑有白，还有一种名列“莱州湾四大海鲜”的外壳脆薄的竹蛏。这些不起眼的贝类有着各种各样的隐藏方式。

在从大人们那里学会了挖掘它们的技巧后，每一个周日，在海滩上都会看到一众小小少年的身影。每天的收获都要用来换取学习用品，这或许是我们那时最初以生计为目的的赶海活动，也早早体会到了生计的艰辛。

随着年纪渐长，从求学到工作，便离大海越来越远。此处的远，不是现实中与大海的距离，而是源于内心对大海的疏离，甚至是忘记了大海的存在。直到有一年的秋天，像是得到某种召唤一般，我心血来潮，想再次去赶海。

此时，我已是中年，与大海分离了近三十年的时间。趁休假，我开车去了海边。那时刻的大海让我有一种陌生的新鲜感。早年泥土乱石堆砌的防潮堤已经修筑成了滨海景观大道，我去的时候，车辆与游人如织，大道上沿路已经排列了长长的车队，想必它们的主人和我一样都是来赶海的。

现在，赶海已经不是为生计，而是休闲，单纯以看海为目的。海滩上散布着赶海的人们，多以家庭为单位，一般是三口人，父母以及孩子。孩子们年少，大海给他们提供了走进大自然的良机。我看到他们的眼睛里满含着欢乐与惊喜，日常餐桌上久吃不腻的海鲜，在这里是自己亲手挖掘出来的。挖到的每一个蛤蜊，或者是在浅滩上遇见的每一个四处跑动的小蟹，都会招来他们兴奋的喊叫。

三十年后的再次赶海，我与大海像是重新签订了一份合约，自此我时不时就去看它。看它每一个精彩的瞬间，每一个瞬间便会在我的记忆里得到永生。

我还记得，一个秋日的傍晚，在莱州湾的金沙滩上，来此休闲的人们已经燃起了篝火，喜乐的欢笑声充斥了整个沙滩。我独自一人向西，选择远离这片沸腾的区域。在一片礁石区，已经没有了游人。我坐在一块黑色的突兀的岩石上望向夕阳照耀下的大海，面前的大海空旷，海水衬托得天际线愈发显得深邃，夕阳金黄的余晖铺在海面上。分不清天际线与海岸线，海鸥背负着将至的暗夜，在咸腥的海风里四处飞荡。待太阳沉入大海，西边天际从红到黄，再到青，由暖色调逐渐过渡到冷色调，暗夜来临。与暗夜一起来临的还有些许星光，以及看不出远近的渔火。

也曾在一个冬日去看过大海。

一个人走在海边，海浪已经细微到几乎不存在一般，四下里静默，风也不知道去了哪里。寂静到仿佛冬天把自己冻结在时间里，面前看到的一切如同是一幅蔚蓝的天空倾覆在一片白亮的世界里的水彩画，涂抹的每一条色彩都是安静的，给我以空间阔达与时间久远之感。

我曾在一段文字里描述过秋夜的大海。

朋友们看了都心生羡慕，纷纷问我："大海离你家有多远呢?"

朋友们深居内陆，出门便是崴嵬高山或坦荡的平原，对大海的向往是由来已久的。我跟他们聊天时，都会把莱州的风土人情说了又说。莱州得到造物主眷顾，将毓秀山峦、浩渺大海都毫不吝惜地赐予了莱州。

在一个夜晚，天上的星星出来了，它们在夜空营造了夜晚的静谧时分，莱州湾的涛声撞击进你的心海里，梦境里也是海浪涌动的涛声。说不准哪一朵浪花会带着一只小蟹在你的心里挠啊挠，又或许有一条七彩的小鱼在你的梦里游啊游，牵引着你的梦向一个未知的绚烂的地域游去，令你都不愿意醒来，睡梦的唇边挂着一抹甜美的微笑。

朋友们在我的描述里皆羡慕不已，纷纷商定到莱州一游以看看大海。我便再叮嘱他们一番，莱州是每个旅人到达后便不想离开的地方，莱州的每一个角落与细节都散发着故乡的气息。旅人与莱州相遇会产生一种他乡遇故知的感觉，便乐得将莱州当故乡。何况，莱州还是长寿之乡，说不定到此一游，会偶遇一段奇缘，逢得仙人的指点便可长生不老。朋友们听后都开怀大笑。

莱州虽是小城，却引发了世人对这座小城的向往。

如果在中华民族的海洋文化里溯源而上，莱州无疑是大海波涛托出的一颗璀璨的明珠，闪着熠熠的光辉。《山左郡志》中把莱州的海喻为“万壑朝宗之墟”。

莱州是长寿之乡，曾和一位医生朋友聊起过此地的长寿现象。医生朋友说，老人们的长寿与喜欢吃海鲜不无关系，海鲜有丰富优质的蛋白质，贝类、鱼类广泛含有人体必需的各种氨基酸，因而在莱州当地，也有老人说，多吃海鲜就是他们的长寿秘方。秦始皇曾在平定六国后的第三年到莱州祭祀，寻仙以求长生不老。当然，他永远也不会想到，所谓的不老仙丹可能就是这海里生长的各色海鲜。

一个落日余晖时分，我去海庙港等归来的渔船。渔港居城西，与城区毗邻。我到达渔港的时候，码头上早有海鲜商贩和前来采买海鲜的游人。他们与船家谈论着今日的收获，顺便讲定了海鲜价钱，喧闹如这码头外的海潮。海面上金辉鳞动，正在归途的渔船浮在金鳞之上，白色的风帆如天上的云朵，渔船好似从仙境游弋而来。

和一熟识的船老大打着招呼：“你们从何处来？”

“我们从海上仙山来！”船老大在波涛里翻滚了数十年，脾性如这大海般宽阔敞亮，“专门为你们送长生不老丹来了。”

船老大满脸喜色，他的话引起船员和岸上众人的喧笑。我知道，他们今日出海定有极好的收获。

当每一个夜晚如海潮般漫卷而来，莱州小城每一处细微的空间里便会弥漫起一股股丰美的海鲜味道，它们与从莱州湾飘过来的大海的气息纠缠在一起，令你分不清这是烟火人间还是海上仙境。如果是一个夏夜，星星出来了，淡月遥挂，炊烟衔着大海的气息笼罩着莱州这方富足的人世间，便会心生此处何处、此生何生的疑惑。恍然间，唯有大海的涛声连着日月，与日月天地共生。

一个人的留仙湖

去留仙湖，只能说是机缘巧合。

清晨，被一阵欢快的鞭炮声惊醒，看了一下手机，还不到五点，翻个身，待要再行睡去。迷迷蒙蒙间，又是一阵鞭炮声，还夹杂着鼓乐的敲击声。彻底扰了清梦，索性起床看个究竟，毕竟这里是异乡，或许会看到和家乡不一样的景象。

穿戴停当，一番洗漱。下到一楼大厅，看到一位新人手捧红玫瑰，面带笑容，在众人的簇拥下进入大厅，原来是迎娶新娘的队伍。出了旋转门，眼前的空地上是红彤彤的鞭炮碎屑，穿戴着古装的锣鼓队在门前摆好了阵势，只待新人携手而出的时候再次欢庆舞动。

喜庆的场面引发了我的好奇心，竟想要看看新人携手而归时的场面。思虑间，新娘子却被一中年男子抱出了宾馆，独不见新郎。这样的迎娶场面还是第一次见。新娘一身红衣，手捧着红玫瑰，头上蒙了红盖头，也不见新娘的喜悲，本想观瞻一番新娘的姿容，却也作罢，独留了想象。

大街上已经有了早行人，晨霭里浮着淡淡的水汽。正不知向何处走，一同下榻的朋友招呼着，有事没有，没事一起看留仙湖去。朋友说留仙湖与蒲松龄有关，就是那个写狐仙的蒲松龄，蒲松龄字留仙。得，就这样直奔留仙湖而去。

皆因淄川于我们较陌生，打听了几次，才找准了留仙湖的具体位置。说来可笑，淄川几日，我竟不辨方向，早年看过聊斋故事，许多故事的场景都与年轻人迷失了心智有关，不知道我迷失方向是否也如他们一般。

顺着早行人的指点，转过街角，映于眼帘的是普照寺的牌坊，一座古朴的寺庙就在我们去留仙湖的路途上安静地等待着我们。必须承认一点，普照寺的存世岁月远远长于留仙湖，然而以名气而论，留仙湖必定高过普照寺。毕竟，作为一泓地方水域，它因蒲松龄才有了今日传世的声名，留仙湖似乎也为蒲松龄的到来预留了一个伟大的伏笔。

出了普照寺向右行，一条小路把我们引到了留仙湖面前。

平淡无奇的水泊，极难与想象中的场景印合到一起。垂柳尚在，繁茂的草木尚在，昼夜流逝的水尚在，只是已不是当年的相貌，仅仅是类似而已。我承认这次去留仙湖，是带了稍稍的遗憾的，原路返程，照旧是平淡无奇。

或许，留仙湖知道我心中留存的遗憾，竟又引了我第二次来看它。至此已是晚间，与三五好友结伴游玩，兴之所至，脚步竟又踏上去留仙湖的道路。这次我做了一知半解的导游，好友们尾随。留仙湖还没有亮化，借助上湖御园的宣传灯光，留仙湖园内却也明亮，这次我们商定从另一个门返程。或许这是留仙湖冥冥之中给我们安排的行程，是要给我一个解释，表证它与众不同的风情。

虽是夏夜，偌大的水系竟没有听到蛙鸣，友人怕夏夜的蚊虫叮咬，穿了长衫，不想无一蚊虫骚扰，我们喁喁低语，相伴而行。清晨没有见过的景象，次第展开。这次于朋友是喜悦，于我却是惊诧万分。堤路曲折回环，垂柳依依，湖面上缥缈着淡淡的水汽，上湖御园的灯光恰到好处，不明不暗，如朦胧月色，倒映湖面，却也有着月亮的韵味。石拱桥架设于湖面，连接着湖心小岛，它们黑魆魆的，益发显现出夜的静谧。行至后来，我们俱静不作声，认真体味着留仙湖此刻给予我们的不同感受。或许谁心里想着有一位狐仙正在黑夜里注视着我们，或者是自己的前世就是狐仙，今世走一遭来寻根，也未尝可知。

夜深归来，忽一转念——与留仙湖的缘分到此为止了。不承想第二日，又与它相遇，是必须的相遇。

晨起，在宾馆大厅向值夜的老人问询，在淄川区内有无保存尚好的古建筑或遗迹。老人说，有一截古城墙，前几年搞新城建设差点儿被毁坏，还好被淄川人阻拦住，尚幸存。问在何处，老人答在留仙湖园内。

又是留仙湖，在极短的时间内我第三次走进留仙湖。这次从昨晚回程的园门进入，是昨夜留仙湖回放的慢镜头。与友人都带了相机，我也弥补了夜晚不能留照的遗憾。晨光乍现，湖面上荡着淡淡的水霭，石拱桥、垂柳隐在一片空蒙里，湖心岛倒映在湖面上，湖面平静，镜面般看不出涟漪，看不出色彩，世间的一切在此竟保持了高度统一的静默姿态，如同被烟霭遮挡住的岁月，静默、无声、无息。早年居乡下，听多了老人讲述的鬼怪神话，每一个神怪的出场必定先是一阵水雾，神怪们踩着水雾逐渐幻化出人形，水雾散去，神怪现形，故事开始上演。刻意寻求古城墙竟不得，无意留仙湖却三次入眼来。

不知道蒲松龄是否与我们有一样的认知，在其南游归来，路经此处时，留仙湖只是寂寂无闻的一个小水泊，是留仙湖的徐徐清风，逶迤长堤，婀娜垂柳，牵绊住了蒲松龄的脚程。也不知道聊斋里的仙境是不是蒲松龄借用的留仙湖的景致，就聊斋故事里氤氲的气氛，与夜晚的留仙湖何其相似，与晨光里的留仙湖几无差别。

此刻，我不能描摹它的半分神韵，蒲松龄之于留仙湖，已是前无古人，后无来者。

春节物事三题

饺子——岁月更替的亲历者

青灰色的大虾仁、乳白色的扇贝丁、暗红色的瘦肉块、翠绿色的韭菜碎段，被黄亮的花生油搅拌在一起后，鲜美的海鲜气息掺杂着田野清香的气息散发出来。我在这种气息里彻底沦陷。梨木面板上醒好的面团已经被擀成了饺子皮，只待调好馅料，便可以动手包饺子了。

这世上没有哪种食物会如饺子一般经历过那么多的岁月更替。饺子又是如何产生的呢？

传说天地之始混沌未分，盘古开天辟地，结束了天地原始的混沌状态，人们为了纪念盘古开天辟地的功绩便发明了馄饨。随着岁月的流逝，人们对馄饨的外形做了许多的改进，饺子便是其中之一。

在古时，饺子的名字众多，所有的名字都是围绕着饺子的外形及寓意取的。比如，三国时期称作“月牙馄饨”，唐代称为“偃月形馄饨”，宋代称为“角子”，元代与明代称为“扁食”，清代才称为“饺子”，并流传至今。

现在，大家比较认可的饺子的起源，与中华民族的医圣张仲景有关。

张仲景是东汉时期的名医，河南邓州人。他发明饺子的本意是作为药用。传说有一年冬天，天下大寒，穷苦老百姓因为缺少棉衣，身体多被冻坏，特别是耳朵被冻伤溃烂。张仲景便将一些驱寒中草药和羊肉一起放入大铁锅里熬煮，待羊肉成熟后便捞取出来切碎，用面皮包裹成耳朵的形状再下锅煮，煮熟后分发给百姓。张仲景将这种面食称作“祛寒娇耳汤”，百姓们吃了饺子后，冻伤得到救治。

及至后来，古人顺应天时，遵循礼制，重视天道秩序，在新与旧的岁月更替的过程中，便创用一些仪式来祈求来年的吉祥如意，仪式需要一些特定的物品进行呈现，守岁吃饺子便进入了大众的视野。有文字记载的春节吃饺子的习俗直到明代才出现。明代刘若愚《酌中志》载，正月初一五更起……饮椒柏酒，吃水点心，即扁食也。

中国古代的计时方式有别于西方的计时方式。

古人根据天象的运行变化创立了干支纪年法，干支是天干地支的总称。把干支顺序相配正好六十为一周。周而复始，循环记录。每一天的时辰用十二地支来记录，将每一天分为十二个时辰，每个时辰跨两个小时，对应着地支的十二属相。子时，是当日的二十三点与明日的一点之间这个时间段。这个时间段是前一天的结束，也是新一天的开始。每年的腊月三十晚上，子时就不仅是新旧两天的更替，更是新旧两岁的更替，古人管它叫“交子”，意思是两日或者是两岁交于子时。饺子和“交子”正好谐音，大年夜守岁吃饺子便作为风俗传承下来。

在我的家乡莱州早年有两句俗语。

如果形容一家日子过得富裕，便会说“他家一年到头吃饺子”，意思是，人家天天吃饺子，可以一直吃到大年三十晚上守岁，言语里含着满满的羡慕。如果说，一家日子过得贫寒，会说“他家一年到头才吃饺子”。意思是这家平日难得吃一次饺子，只有到了大年三十晚上守岁的时候，才能吃一次饺子，语气中充满了悲悯。

从这些俗话当中不难看出，不管日子过得富足还是贫寒，作为旧年度的结束、新年度的开始，都要吃一顿饺子，至于饺子馅料是什么，就忽略不计了。

在北方，没有哪种面食会像饺子一样坐稳了跨年夜的餐桌。春节期间的大鱼大肉也有吃腻的时候，饺子是一个特例，一片圆圆的饺子皮，可以包裹一切。

早年父母健在时，将每年的跨年饺子看得极重。

母亲须亲力亲为，和面、切肉丁、切菜、调馅，直到在面板前坐下来开始包饺子，根本不用别人插手。父亲只能做一些粗活，帮母亲打打下手，诸如把面板摆放好，拿盐罐子，拿五香面，拿擀面杖等。一应收拾停当，便开始包饺子。母亲负责包，父亲负责揉面、切面剂子、擀饺子皮。后来，在我长到十三四岁时，擀饺子皮的活便由我来做。此时，父母亲便会给我说起他们早年过年包饺子的事情。父母成婚于 20 世纪 60 年代初，因为家境清贫，日子捉襟见肘，当时家家户户的日子都是差不多的状况。但那时的人们都以苦为乐，精神风貌都是健康向上的。

父母第一次和我说起他们早年过年包饺子时，都是泪眼蒙眬的。大白菜是初冬收获后从生产队分回家的，挑拣几棵圆实的，一直放在储存地瓜的窖子里，留着过年包饺子用。然后便等着生产队年终结算，期待不高的工分能分一点儿红利。年景好的时候能分几块钱，差的时候或许还要挂账。

父母正值壮年，年底便会分得几块钱。父亲说，有一年他分了十几块钱。这是第一次分这么多钱。他攥着分的钱从生产队往家走的路上，眼泪便一直在眼眶里打转。回家把钱交给母亲时，母亲看着父亲拿钱的手都不知所措了，第一次分这么多钱，眼里瞬间蓄满了泪水。

第二日，父亲拿着一块钱去镇上的食品供应站割了五毛钱的肥肉，剩下的五毛钱没有舍得花便再揣回家。母亲将买回家的肥肉在锅里先进行熬炼，将肥肉里的油脂熬出来，经过熬制的肥肉便成了黄褐色的脂渣。脂渣放进剁好的白菜馅里，再放两勺熬制的猪油。母亲说，父亲说脂渣像瘦肉一样，颗粒大些的白菜帮子像肥肉一样，记忆中那一年的饺子很香。

后来，就是我能帮着父母包饺子的时候，已经是 80 年代中期了，我们这里已实行包田到户。父母不再为包饺子用什么料做馅犯难，猪肉不再是觉着肥肉香，要包那种纯瘦肉的，馅里再打几个鸡蛋，出锅的饺子便似一个个肉丸。

20 世纪 80 年代末，我参加工作，莱州已经是沿海对外开放大潮中为数不多的小城市之一。城市虽小，但发展的势头迅猛，百姓的日子已经不能用比蜜甜来描述了。

跨年包饺子的时候，父母还是会讲早年将脂渣当瘦肉、白菜帮当肥肉的日子，但已经不是含着泪的讲述，反而是父母亲逗趣说笑的一个故事。但我在这个故事里分明体会到一个道理：国家富强了，百姓的日子也就富裕了。

2007 年，母亲二次心脏手术后出现心衰，已是晚期，春节前从医院回家。那时，母亲刚清醒过来，母亲坚持回家过年。对于自己的病情，母亲应该是比我更清楚的。

腊月三十下午照例是包饺子。以前母亲无恙时，一般是我擀饺子皮，母亲包饺子，父亲负责打下手，干一些零碎的家务。今年包饺子的事情由父亲来做，我照例擀饺子皮。父亲和我在堂屋的正间里摆放好了案板，醒好面，调好饺子馅，照例是虾仁、韭菜、鸡蛋三鲜馅。父子俩谁也不出声，像流水线作业。母亲在西间的火炕上招呼我，她也要包饺子。我说不用，很快就包好了。母亲不允，坚持自己的想法。父亲用手指点了我胳膊一下，向炕上的母亲努了努嘴，示意我去搀扶母亲。

把母亲搀扶到案板前坐下，母亲喘得厉害，好像走了很长的路，发出很重的喘息声。在板凳上坐下，母亲深吸了一口气，父亲将一个饺子皮放了饺子馅递到母亲的手里，母亲的手抖着，没有丝毫力气将饺子皮捏到一起，还是父亲握着母亲的手指用力捏了一个饺子。母亲不说话，眼睛看着父亲，眼里有微笑的光，嘴角也有些上扬。父亲回以微笑，又递了一个放好饺子馅的饺子皮在母亲的手上，照例还是父亲帮母亲捏好了饺子。

两个饺子，端端正正地放在案板上。母亲长舒了一口气，要回火炕上休息。我搀扶母亲上炕，回来继续包饺子。父亲的眼泪早已像断线的珠子，在苍老的脸上滚落不休。晚上守岁跨年，往年都要到子时下饺子，那年刚过九点就放了鞭炮下了饺子，母亲吃了五个饺子馅，饺子皮是我吃的。转眼春末夏初，母亲在医院永远地走了。

我现在已过半百年岁，一直坚信饺子是天底下最好的美味，即便世间珍馐佳肴千千万，唯有饺子不可辜负。

莱州居渤海之滨，是著名的长寿之乡。曾看过一个资料，莱州长寿的老人多喜欢吃海鲜。现在，海鲜是百姓餐桌上司空见惯的美味，各种饺子馅也因为有了海鲜的参与，愈发美味可口。海鲜饺子除了大虾仁馅的，还有海肠馅的、扇贝丁馅的、鲅鱼馅的、文蛤馅的，等等。只要是海鲜，都可以用来做饺子馅。纯肉馅的饺子已经很少见，即使是有肉馅的，也掺和了各种山野菜，肉味因为被山野的气息遮盖而变得轻微。以前吃饺子是吃个饱，图个鲜。现在吃饺子吃的是养生。前段时间吃了用海参包的饺子，加了少许扇贝丁，少许韭菜。饺子美味，极富营养价值，海参饺子也已进入寻常百姓家。

饺子在当下已经是一种最普通不过的食物了，国家的好政策让人民过上了小康生活。现在只要愿意，家家户户一年到头吃饺子已经不是奢望。

随着时代的发展，饺子会不会变成其他的形状，不得而知。岁月太长，当下人们看向未来的视线里满怀憧憬。作为经历了岁月更替的饺子，它所包含的一切肯定与幸福、安康、富裕有关。同时，饺子作为岁月更替的亲历者，也作为人民享受幸福生活的见证者，这一点也是当之无愧的。

春联——幸福吉祥的守望者

进了腊月门，孩子们便不能信口开河。

进入腊月之前，大人们便会教育孩子们要规规矩矩的，要说吉祥话，特别嘱咐哪些话不能说，哪些话可以多说。说白了，就是过年时好话要多说，让人爱听的话多说。

遇到耐心的大人会给孩子们具体说一下要说什么样的话。比如，人丁兴旺、招财进宝。总之是要多说好话；性格随意些的大人便会说，你就“说过年的话，拉过年的呱”就可以了。

只是孩子们的心智不能时时如大人的心意，便会时不时地招来大人一个严厉的目光，孩子们立马会感觉到自己刚才说的话或者自己的行为方式出现了差错，立马加以改正。脾气大的大人也会在孩子的屁股上来一两下轻打，让孩子长长记性。进了腊月门，大人们的脾气也好像好了很多。

过年话是什么话呢？

有一年，我好像突然开了窍，家家户户贴的春联不就是过年话吗？那时，我还在初中读书，大概是在20世纪80年代初期，我十三四岁的样子，我从语文课本上学到了一些关于春联的基本常识。比如，对仗工整、合辙押韵，等等。在我明白了这个道理后，走亲拜年的时候，我便会特别留意家家户户贴的那些春联。村庄有四百余户人家，自家的亲属在村子里零散分布，拜年需要走遍整个村子。所以，我几乎会看遍家家户户贴的春联。

不同时代的春联有不同的内容。有一点是需要肯定的，春联的内容多与主人家的希冀，以及社会大背景相关联。

80年代，改革初期，农村刚实行土地承包责任制，百姓耕耘着自己承包的土地，干劲儿十足，都跟着党的富民政策奋力向前。此时的春联除了老辈人传承的“忠厚传家远，诗书继世长”外，反映当时社会状态的春联也贴上了百姓的院门。比如，“春满乾坤民勤致富，天增岁月人寿年丰”“新长征起步春光明媚，现代化开端金鼓欢腾”。

到了90年代，春联的内容多以“生意兴隆通四海，财源茂盛达三江”为主，我没有做过统计，但这副春联的出现次数还是很高的，到现在还是百姓的首选。

作为中华民族传统文化的一部分，春联因为真实反映了所处社会时代的发展状况，它的存在有必然的意义。

看过一个资料介绍，春联，起源于桃符。据《后汉书·礼仪志》所载，桃符长六寸，宽三寸，桃木板上书降鬼大神“神荼”“郁垒”的名字。神荼、郁垒两位降鬼大神出自《山海经》：东海度朔山有大桃树，蟠屈三千里，其枝杈东北有一门曰鬼门，万鬼自此出入也。在鬼门有二神，一曰神荼，一曰郁垒，他们把守桃树下的鬼门，拿绳索把那些害人的鬼捆起来给虎吃。

从这个文本中，我们不难看出，天下的鬼都畏惧神荼、郁垒。从此以后，民间百姓就用桃木刻成神荼、郁垒的模样，放在自家门口，以避邪防灾，二位降鬼大神在百姓的木板门上已经站立了几千年了。后来，人们干脆在桃木板上刻上神荼、郁垒的名字，人们认为，这样做与刻画他们的神像有同样的镇邪去恶的效果，后来这种桃木板就被叫作“桃符”。

《宋史·蜀世家》中有一段记载与春联有关。后蜀主孟昶令学士辛寅逊题桃木板，孟昶对其所题的桃符不太满意，自命笔云：“新年纳余庆，嘉节号长春。”谁能料到孟昶所写的十字偶句成了楹联的开山之作。

到了宋代，王安石的《元日》中有诗句：“千门万户曈曈日，总把新桃换旧符。”王安石的这首《元日》在我上学期间并没有在课本里出现，只是在少时跟随大人出门拜年时，听到村里有些学识的老人信口咏来，便牢记于心了。

及至唐朝，传说唐太宗为夺取天下杀戮太多，晚上噩梦不断。睡梦中，那些因战事丧生的鬼魂前来索命。唐太宗就找群臣商议，秦琼和尉迟敬德主动请命，晚上站在李世民的宫殿外守着。说来也怪，自从有秦琼和尉迟敬德值夜后，唐太宗再也没有做过噩梦。时间长了，唐太宗体恤部下，觉得二位将军每天晚上这样站着很辛苦，就找人将二人的画像贴于门上，同样也并未做噩梦。久而久之，这个习俗在民间广为流传了，这也是现在最为普遍的门神。

到了宋时，桃符的桃木板彻底由纸张取代，由桃符分离出的门神功能不变，但神仙众多，除了神荼、郁垒、秦琼、尉迟敬德外，还有福、禄、寿星三神，世人将众位神仙做了一个笼统的分类，有驱邪类、祈福类、武将类、文官类，等等。作为代表人们美好心愿的春联同时进入大众的生活，它比较直观地反映了人们对生活的向往与祈愿。

明代开始盛行春联，这离不开朱元璋的功劳。

朱元璋亲力亲为，将春联的传承推向了高潮。现在人们遵循的是随着演变进化而来的习俗：桃符以往所肩负的驱邪避灾的使命由门神来承担，门神负责护佑家宅人丁平安，而桃符的内容则演化成春联。春联就直白地把家宅主人的心中所愿，以及对美好生活的向往显示在太阳底下，借助新春的节令，报于天知、地知、人知。

春联何时在我的村庄出现并盛行，已不得而知。时光更替，春联用热烈朱红的模样陪伴着村庄。它是村庄幸福吉祥的守望者，并给予村庄所有美好的祝愿，陪伴着村庄走向更加美好的明天。

爆竹——烟火人间的驱魔者

没有人知道，是谁先在我的村庄里燃放了第一个爆竹，作为后世子孙，我以自己最丰富的想象力，也想象不出当初在村里燃放第一个爆竹的先人在看到爆竹闪出亮光，听到爆响第一声脆音时的心情。作为我们村的人瑞，已一百零七岁高龄的奶奶也不知道。我的村庄在渤海之滨莱州湾畔，根据《宗谱》推断，我的村庄在此有五百余年的历史了。

每年的正月初一，我去给奶奶拜年时，奶奶便会说，五更黑家（方言，指大年三十夜）的鞭炮响得真热闹，今年又是一个好年景。奶奶除了眼神弱一些，听力不太好，记忆力却好过年轻人。她说，她嫁到提家村已经快九十年了，九十年的光景，提家村的爆竹声从稀疏到繁闹，红红火火的日子越过越有滋味，人也活得越来越有劲儿了。

如果问爆竹是哪一年出现的，也只能借助一些传说来做一些了解了。中国古代神话志怪小说集《神异经》里有这样的描述：西方深山中有人焉，其长尺余，性不畏人，犯之令人寒热，名曰山魈。以竹著火挂毕，而山魈惊惮。这大概是有关爆竹起源最早的记载，说明当初人们使用爆竹是为了驱吓危害人们的山魈。

还有一种传说，这种传说比较普遍，我们大概可从中看出过年燃放爆竹的习俗的由来。

传说中国古时候有一种叫“年”的怪兽，头长尖角，凶猛异常，年兽长年深居海底，每到大年三十，就爬上岸来吞食牲畜伤害人命。因此，每到大年三十这一天，村村寨寨的人们扶老携幼，逃往深山，以躲避年兽的伤害。后来人们发现年兽特别害怕红光与爆燃的声音，人们便开始焚烧竹子，竹子受热即发出毕毕剥剥的声响，可以达到驱除年兽的效果。再后来，中国古人发明了火药，人们便利用火药制造了鞭炮，从而更加快捷地驱除怪兽。

不管是何种传说，称为山魈或者年的怪兽，因为地域的差异，藏身之处便不同。居于山地的，说怪兽来自山里；居于海边的，说怪兽来自海里；居于平原的，没有说怪兽来自何处，但无一例外的都是在年三十晚上会出来危害人间。

暗夜需要光明。不管是焚烧竹子的火光与声响，还是燃放鞭炮发出的火光与声响，都是为了迎接光明的到来。

中国古人注重仪式，这与古人追寻光明、崇拜自然、礼敬生命的思想，是分不开的。在这些仪式中，尤以祭祀最为隆重，逐渐发展为礼仪。礼仪需要附加一些行为方式。这些行为方式与人们的日常生产劳动、饮食起居紧密相关。在古人改造自然、保护自然的过程中，火为人类的发展提供了生生不息的能量。爆竹应运而生。同时，也是一个逐渐升级的过程，从焚烧竹子产生火光，到科技提升后发明了火药用以燃放爆竹。到了当下，人们响应国家的号召，保护自然环境，开始摒弃燃放爆竹，还发明了电光火炮，不但达到保护环境的目的，还更加具有喜乐气氛。

20 世纪 70 年代后期，那时，我还是一个小小少年，对于鞭炮的渴望是强烈的。父母亲赶年集买回家的鞭炮总要妥善藏好，不能让我看到。

每年春节前，母亲都要在买年货的花销里预留上买鞭炮的钱，也不能多买，除夕夜放一挂一千响的，初一早上放一挂五百响的，初三早上放一挂一百响的。其他时间，如大年初一至初三的时间里，每次吃早、中、晚饭前都要放鞭炮，母亲就多买了些爆竹，每次放两个或是三个，以应年景。那时我还小，不敢放那些粗大的爆竹，只能是放小些的鞭炮，母亲会多买一挂一百响的给我。母亲事先将一百响鞭炮的线拆解了，每次给我几个零散的鞭炮以满足我对冒险刺激的渴望。

记得有一年，我找到了母亲藏鞭炮的地方，包鞭炮的那层亮眼的红色油纸的诱惑力，是我无法抗拒的。不能全部拿出来，我学着母亲将鞭炮拆解开，不敢多拿，每次几个，但拿的次数多了，还不到过年，一挂一百响的鞭炮已没有了踪影。母亲后来发现了，并没有责怪我，趁腊月三十镇上赶集时，又给我买了小的“二踢脚”，比鞭炮细长，用灰色的牛皮纸卷的那种。我记得很清楚，母亲买了两扎，一扎十个。放“二踢脚”须用手拿着，与放鞭炮不同。放鞭炮可先把鞭炮放地上，把火捻子事先调整好角度，火信子是用一截高粱秆瓤子做的，抖抖索索地伸出去，一只手捂着耳朵，一个侧弓步做好跑的准备。有时候火信子并没有点燃鞭炮，周围丁点儿的响动却将我惊起来。母亲说，男孩子须有点儿胆量。那年我刚上小学一年级，在母亲的鼓励下，放了人生的第一个“二踢脚”。

如今，少年时期那种对鞭炮的渴望已荡然无存，对放鞭炮已没有丝毫的兴趣。前几年的除夕夜，在孩子的怂恿下再次放了鞭炮，那年我已届知天命之年，竟然鞭炮未响，却早已心生怯意了。

夫子石村

夫子石村是一座村庄，在莱州市东部的山里。

通常，认知事物的方式有两种。一种是亲身经历，一种是道听途说。但起始都是未知的。待到两种认知方式相辅相成之时，便生机缘。由此衍生相逢的惊喜、离别的难舍等相关的情绪变化。

作为一个村庄，夫子石在升起第一缕烟火时，应该也带了先人的祈愿与祝福，一并告知此地的神灵，需要人丁兴旺，需要财富满门，需要后人知书达礼，需要世间更多良善。当然，也可以说，先人在选择将此处作为容身之处时，也认真观望了风水。村庄依山势自山顶向西次第排开，从南面山上汇集过来的山溪在此逐渐开阔，自村西的山脚下缓缓流过。山岭、村庄、水溪，它们相伴于此，据传已有近千年的时光。夫子石村头立有村碑，碑上镌刻村庄来历竟与孔子相关，谓孔子曾登临此处巨石。然巨石今已不可得。后宋朝开国皇帝赵匡胤至此，封其名曰：夫子石。赵匡胤于莱州留有众多传说。此说是否真实已无史籍可考，只能是作为传说寄托了人们的一段假想。

去夫子石的这一天正是农历的立夏，山下已经春老花消，夫子石的春天好像才刚刚抵达。

路边山崖零散分布着几株桃树，桃花已经开败，绿色的毛桃像小小的绿色精灵。山体已被绿色的茅草覆盖，争相渲染着无尽的生机。路边见几株盛开白色花朵的灌木丛，花朵细碎繁茂，近知天命之年尚首见，果实红，可食，微酸。

时间已是上午九点多钟，在村子里行走，我感觉到了村庄的安静，空气也是凝滞的，暗隐了花香草香，夫子石村庄的空气是带有甜味的。因为是山地，在夫子石村庄里也有零星的边角地，就在各家院墙外面。转过一个路口继续向西走的时候，看到路边的野地里有一位老太太正挎着篮子挖野菜，过去打招呼问好，看看她篮子里的野菜。老太太告诉我，家里喂养了几只土鸡，野菜是用来喂鸡的，当然人也可以吃，现在地里都是不打农药的。老人近九十岁的年纪，身体尚健，享受国家的老年补贴，儿子们轮流照顾她的日常起居。

夫子石的北面便是后山。去后山的时候，经过一段土路，是一段下坡的土路。前几日下过雨，这里不见人迹行踪，根据地面的痕迹判断，我们应该是雨后经过此处的第一拨行人。路面的小石子被下泄的水流冲刷出形状杂乱的细小沟渠，细察又感觉它们也有章法。如果非要用其他事物来描述它们，不知道中国画能不能传神一些。我注意到印在地面上的树影，它们在此处如得“道”的画者，把一处极简的空间渲染出一种阔达，传达着自然之美。可惜我的修为不够，不能深悟。

在夫子石，布谷鸟鸣叫的两个音节明显被拉长，山谷做了回声，时光的旅行也放缓。麻雀从头顶悠闲地飞过，带来的鸣叫悦耳清脆。崖壁上的松树枝里隐藏着不知名的鸟儿，它们婉转唱和，丝毫不在乎有我这样异于它们的听者。我想用手机的录音功能录制下来发送给朋友倾听，事与愿违，复听的时候只有无尽的风声轻抚而过。想向上攀爬，离得近一点再录制，转而一想，会不会惊飞它们，反失却此刻安逸境地？只好作罢。

各种声音笼盖下的山色也是青翠欲滴，花香、草香填满了这里的空间。我是这空间的异物，如果停留的时间长一些，自己会不会也能填充到这个空间里？我内心是有这个想法的，真实不虚，我为此喜悦不已！

在村西偶遇一老人在自家门前开荒，老人已经用镬头翻起了部分的泥土，泥土呈深褐色，泛着湿亮的光泽。和老人随意聊了几句，知老人八十有余。我们聊天的时候，从背后的院子里出来一位老太，左肩挂着一个简易的挎包。我看了他们的面相，二者的面貌、神情高度一致，皆和蔼慈祥。我想到他们应该是夫妇。我直接相问，得知我的判断没错。彼时，阳光不管不顾地照射下来，笼罩着我们，本素不相识的两代人，因了机缘，让这画面有了美意。老人都享有国家老年补贴，足够生活用度，他们身体尚健，一辈子操劳也赚取了一副好身板。

村北路南的住宅在房后用铁丝网围了一个小院，圈养了几只土鸡、一只大鹅。靠街垒了半截院墙，只有我小腿高。我在半截院墙上坐下歇息时，围拢来几位在此等候旅人兜售山野杂物的大姐。她们健谈，可能与我的刻意引导有关。她们谈了自家一年的收入情况以及今年的打算。离我比较近的李大姐戴着一副高度近视眼镜，每说一句话都要问我“这样行不行”。她家在后山有几亩栗子树林，每年产上万斤，栗子在没有完全熟透的时候，山外的客商都会早早来订货。大姐自豪地说，她家的栗子是黄瓤的，绵甜，不似现在的新品种，瓤是白的，只是脆生。过几天天气再暖和一些，她准备在树林里再放养一些土鸡，跑山鸡下的蛋可不是饲料喂养出来的鸡下的蛋可以比拟的。大姐说，我们走的时候可以捎点回去尝尝。之后，她再养点小公鸡，等到八月中秋的时候正好过节用。

说话间过来几辆车子。车子上的旅人下车探问哪里可以买到山鸡蛋。李大姐殷勤地说，她家就有，原来这半截院墙就是李大姐家的。后院的山鸡也是她喂养的。李大姐先从后院的草窝里拿了几个鸡蛋出来，还在墙角捡了一个大鹅蛋。她高兴地说，刚下的，还热乎着哪。来的游客都想要一点山鸡蛋带回去，李大姐家没有存货。刚才一起坐着聊天的大姐们都纷纷起身回家看看自己家还有多少存货。

李大姐颇有脑子。她说，她想到村口那里摆一个摊子，以后来游玩的人多，可以把家里前院种植的蔬菜一起拿去卖。“俺们家种的蔬菜都是绿色的。”李大姐说。“嗯，嗯，恁家筐里没有烂杏。”其他的大姐都纷纷取笑她，一众人笑得前仰后合，惹得院子里的大鹅发出“吭吭”的声音。

她们笑得正热闹，从东面过来一位打扮时尚的女人，看面相五十岁以上的年纪，穿着一件红披风。李大姐赶紧招呼着：“恁家还有没有鸡蛋了？她们家都没有存货了。”“俺家的鸡蛋刚才让一帮旅游的拿走了，现下也来不及了。”她的话又引来这帮女人的欢笑。穿红披风的女人转身和刚才回家拿鸡蛋的女人聊开了：“大婶子，恁后天去北京后帮俺照看着俺大爷，他都八十五了，非得去北京看看。俺大姐不放心，刚才又打电话给俺，让俺过去帮他收拾收拾，再给他送俩儿钱去。”“你快去吧，快去吧。”那个女人催促着：“旅游公司的说了明天一早就来车接，你多给你大爷俩儿钱。”穿红披风的女人像踩着一股风，一溜小跑地顺着街道向南去了。

这会儿，陪同我们的此地朋友给我们介绍了夫子石村的基本情况，还说，前几年搬走的几户人家，现在又想回来了。我不解地问道：“他们在外面生活得不好吗？”“不是的，现在镇上联系资金进行旅游开发，你们看到的这些彩画的房子、进村时的公园，还有那条河，已经和上游的几个村庄连在了一起，准备抱团进行旅游开发，这边的游客也渐渐多了起来。他们想回来，感觉还是守着祖居地好一些。”朋友说道。

是的！有熟悉的人、熟悉的生活习惯，最主要的是，这里有淳朴的乡亲。最吸引他们回来的是正在变得越来越美丽的新乡村！从我刚进入夫子石村的那刻起，我就感受到了这里民风的淳朴。不管面对的是相熟的乡亲，还是外来的游客，洋溢在他们脸上的是憨憨的笑。

从市区驱车到夫子石村不过三十分钟的旅程。我在想，以后我会经常过来转转，就像回老家一样，这里寄存了古老的民风，还有越来越美的新农村。

眺望泥土的日子

从电脑前抬起僵硬的肩颈，习惯性转头看向门外。透过厚重的玻璃幕墙，可以看到大门外的马路，以及马路对面的一片农田。

玻璃幕墙似一个永不关闭的荧光屏，每日都能从这里看到农人在农田里辛勤劳作的身影。农田里是随着四季变换而不断变化的农作物。冬春的麦子、夏秋的玉米，有时候也会是一片豆类、一片高粱。没有变换的是农人辛勤躬耕的身影。

马路上总有不断来来往往的车辆，飞驰的车子会带动尘埃随风漫起，然后再四散开来。有的能落到我们的办公桌上。

“无处不在的尘土。”同事一边咕噜着，一边打扫着卫生，“什么时候才能没有这些可恶的尘土？”我的心境自与他不同，我会将这些尘土归拢到一起，投放到花盆里。想必那些花儿们也会欢迎这些尘土的。

春天的时候，那些泛青的麦子从落下的枯叶中探出头来，尽力舒展那些绿意，随之而来的就是起身、拔节，渐渐盖住垄间的黄土，风吹过来时，那些绿色会翻卷着，如海面的微波漫延流转。如果静静地坐在田间，会听到麦子拔节成长的声音，犹如天籁，这些声音在今天已经是很奢侈的了，没有很静的心，是听不到的。

麦子扬花时，说明麦子走到了盛年。那些花儿随风飘散，寻找着自己的宿命。那些花儿在麦田的上空飞舞，升起绿白色的烟雾，丰收的景象隐匿其中。这些飞舞的精灵，承载着人类生命延续的重任。

最富有诗意的田野应当是在秋季，一片玉米、一片豆类、一片高粱，都争相变幻着成熟的色彩。黄、红、绿、紫，恣意挥洒涂抹，秋天也就异彩纷呈了。飞过田野的风，把作物成熟的味道播撒进无边的田野，香醉了那一季的空间。

总认为，农人也是土地种植在田野的庄稼，他们是土地最特殊的农作物。他们扎根于黄土地，成长于春夏秋冬。在属于自己的田野里，尽力吸收土地无偿馈赠的养分，他们的身板日日壮硕，面容日日成熟，直到最后化为土地的一部分。

有时候，为了看清远处的农人在做什么农活，我会习惯性地将手搭在眼前，遮挡住强光对眼睛的刺激。此时，同事们会开玩笑地说："看你像一个农人。"我会紧跟着说："我就是一个农人，我是农人的儿子。"因为这些对话，我心里总会高兴半天。

这个习惯缘于少时跟随大人下地务农活，是从大人们那里学来的。每每直腰作片刻歇息时，大人们总爱以这种姿态看一下远方。前方是碧绿的庄稼，庄稼覆盖住泥土，这是蓬勃生机的诠释，也是土地充满活力的象征。微笑在大人们的脸上伴着金灿灿的汗滴绽放开来，然后又是弯腰辛勤地耕耘。少时的心里感觉这种形态是最美的，可以与凡·高的《向日葵》相媲美。现在这种意识对于我已是根深蒂固了。

很久没有与土地亲密接触了，每日穿梭于水泥钢筋铸就的空间，脚下踩的是花岗岩铺就的地面，路面是沥青或者是水泥的，走在上面发出单调乏味的“橐橐”声，似乎是从人们空洞的心房发出的回声。此时总是忆起幼时赤脚走路的感觉，小脚丫印在土地上是清晰的，就是脚纹也清晰可辨。只要在土地上行走，便能让我感觉到什么是坚实，什么是厚重，总感觉有一种无形的力量可以借助那双赤脚布满全身。

在忙完一段工作后，我也会走向马路对面的那片土地，去跟辛勤的农人说上几句话。兴致来时，会脱掉鞋袜在这片土地上行走，经过太阳照射的土地，暖暖的。绵软的土地，轻轻地拥住赤脚，感觉痒痒的，心情变得愉悦且欢快。有时我也会拿起农人的农具在土地上耍弄一番，或锄锄草，或铲几锨土，或拔去多余的秧苗。这些农活于我是熟稔的，农人会用惊异的眼睛看我，我自己也颇得意。

今年秋天收了玉米后，农人没有继续在这片农田种上小麦。这里要改建为商业区了。

就在今天上午，从电脑前抬起头，我习惯性地看向玻璃门外，门前的那片农田里有一群人在忙碌地放线、布桩，做施工前的准备。我知道，从此以后，这片农田彻底不再属于我了，也不再属于那些勤奋耕耘的农人了。

现在，我把这些文字记录在电脑里，期待着这片土地能在这里得到永生。

小城如花

小城的花事是在五月开始兴盛起来的。小城地处北方，却四季分明。每年春天，那些从渤海吹来的海风，带着丰沛的水汽越过小城，与城南的大泽山脉碰撞后，再返回这里稍作逗留，便把小城的春天清洗得透亮明快。那些花花草草的根系在春季里孕育着、萌动着，等待着一个响雷，发一声呐喊，便迫不及待地从包裹它们的厚厚的芽胚里挣脱，然后，盛夏来临。

每每和外地朋友交流，总免不了把小城的人文景观做一番介绍。魏碑石刻、大基山谷都是炫耀的资本，朋友们是文人，对于历史文化的痴爱，不是我能企及的。末了，我总要邀请他们来小城游玩，并且一再叮嘱他们要初夏时节来，那时小城的花事正盛。彼时，小城便会有以花儿命名的节日。

朋友戏言："你中花毒了，花儿有什么好看的。大江南北，花无处不在。""一方水土养育一方生灵，此花非彼花。"和朋友的问答总会如此结束，像渔樵对话，暗含些许禅意。不否认我带了私心，因为热爱，这私心便显得可爱。

小城向南不足十里，一座东西走向的青翠山峦做了小城的门扉。山也是小山，名文峰山，高不过几百米，小山之北镌刻了魏碑石刻，与小城无语相向，历千年风雨雪雾，文脉相沁，小城便染墨香。

推开门扉，我看到了如处子般的小城，如花般美。

初夏不是小城最好的时节，但想到这个时节在新一轮生命怒放的开端时，这初夏的时节便让人痴爱。五颜六色的花色，各式各样的形态，都在传递着一种生命所承载的独有的使命。艳丽的奔腾豪放，素雅的凝重沉稳，花儿们都在渲染着生命的灿烂，同时点缀着小城的每一个细微的空间。面对这些生命，谁都会想到就是这座小城，城里有花，花里有城。

花是月季花，很普通的一种花卉，但我一直感觉这些花是有灵性的，我能感觉到它们如人类般聪慧。它们不娇柔，也不张扬，只是默默地开放在一个属于自己的空间里。它们的每一次孕育、含苞、绽放，都会使我想到这就是最原始，也是最高贵的生命，让我对它们心怀敬意。这种感觉在我的内心已经萦绕了多年，从我开始知道这花是小城的代表时，就这么想了。这么一想，这些花卉便不再普通。

不可否认的是，起初我是想把小城比作一本书的，一本史书，或者是一本编年体的史书，里面记载着小城的每一个精彩瞬间，装满小城的过去、现在，还有未来。打开书本的时候，那些方块的文字浸染了墨香，直扑我的鼻翼。

一座城市的大小不代表它所承载的历史文化的丰厚与薄寡。古人为小城做了开篇，文人为小城增添了浓厚的文化色彩，他们多喜游历，寄情山水，挥毫留墨。

你看！我这样说着时，隶楷之祖郑道昭来了，他的字已经不仅是力透纸背，而是穿透了历史时空；诗仙李白来了，高卧沙丘城，听秋声携来生命的回响；苏轼来了，赵明诚、李清照夫妇也来了，和他们一起来的还有后世众多的文人骚客。他们沿着小城的文脉，追寻着一个个属于自己的梦想，小城的内涵在这些梦想里丰盈起来。

我知道，文字过于抽象，再好的文字也很难描绘出一座城市的神韵。现在，我把小城看作了花。

当我想到要把小城比作花的时候，小城在我的眼里也有了生命的高贵，我试着用生命的魅力体味小城在我心中的重量。面对如花小城，我在心里开始孕育深厚的情感，如同盛开的花朵，小城那绽放的花瓣层层叠加，层层累积，然后形成波涌的姿态，在我的心里荡起涟漪，涟漪裹挟了花香，流淌于小城的每一寸肌肤，小城在花香里醉了心神。

我几乎走遍了小城，那些行走的脚印遗失在我的身后，被风抚摸后已经消散无踪，而记忆开始变得清晰。

昨天的花还是含苞待放，今天已经是吐蕊盛开的模样。小城如这盛开的花，每天都是新的。“花事临东风，美景与共，青山含笑莱城东，凭栏念想傲立处，情醉芳丛；时光弭旧痕，新颜伊始，今年花胜去年红，喜看明年花更好，小城雍容。”祝愿如花小城有一个更美好的明天！

小　满

小满那日天气时阴时晴，白日较为平常，傍晚时云量渐多，晚饭后出去散步，天上还会看到隐现的星星。及至深夜，听到零星的雨点敲击窗外遮阳棚的声音，渐成一片密密麻麻声响。我就在这片天地混响的天籁中睡去。

我极看重节气的更迭变化，少时母亲教导学会《二十四节气歌》，时至今日一直记忆犹新。大多的节气交替节点会有一场天气变化过程，多在一二日之间，一场雨，一场风，再或是其他的天气迹象。我认为这一切是具神性的，隐秘中暗藏不可抗拒，如喜怒哀乐，有莫名之痛，必有莫名之喜相随。

古人将小满分三候："一候苦菜秀；二候靡草死；三候麦秋至。"小满是二十四节气的第八个，若将时光的进程以二十四节气来计，便是三分之一的行旅匆促而过。《国风·唐风·采苓》中："采苦采苦，首阳之下……"这是对苦菜最早的文字记录，且不说其要表达的意义，从中可以看出，在当时的社会背景下，苦菜已经深入世人的日常生活。

有一出传统剧目《红鬃烈马》，主要讲述的是薛平贵与王宝钏的爱情故事。为了表现王宝钏对爱情的忠贞执守，讲其独居寒窑吃了十八年苦菜。王宝钏十八年居寒窑，尝尽人间的苦，苦菜是一种表现手段。这出戏最精彩的一折是《武家坡》。春末夏初，王宝钏于野地挖苦菜，此时节已是绿野葳蕤，黄花遍地，初夏勃发生机，薛平贵寻得宝钏来。这或许是最早借由苦菜来呈现的爱情故事吧！

作为二十四节气之一，小满更多的作用是指导农业生产，从古至今皆是如此。

《月令七十二候集解》记载："四月中，小满者，物致于此，小得盈满。"有芒作物籽粒已开始饱满，但还没有成熟。北地以小麦为主，麦子扬花、灌浆，一层绿色的雾霭笼罩田野，生育的气息充斥其间，铺满一条通向成熟的道路。

小满不仅仅预示着农作物日趋成熟，那些按时节该开放的花儿也已经次第开过。看过一段文字，文字极简，没有过多的话语，说南人以玲珑喻榴花，是说榴花娇婉可人，倒不如说是一方水土养一方物。北地的榴花该以何词相喻，还真不好说。家居北地，院子里的石榴每每开花，父亲便说像着火的灯笼一样。

父亲喜石榴，不是单纯地为了观赏，而是以食用为上。早年从舅爷家移栽一株大籽甜酸石榴树，再从别人家移栽了一株甜石榴。我喜欢甜酸的，汁液饱满，尚未咀嚼，那些汁液便已在口腔里四散迸溅。如果有谁说我是吃货，我是不反对的。

榴花也在小满前盛开。前几日小区甬路东侧的一株石榴开花，从树下路过时，只是不经意抬头即看到它们盛开的样子。记忆中榴花就没有香气，只有那份朱红最是悦目。

还有一种不开花的植物，名艾，小满时期也蓬勃向上。早年乡下老宅门前种植了家艾，枝干修长挺拔，叶脉宽展，叶片表层覆盖了一层白绒，晨晚间暗香扑鼻，中午太阳暴晒后，气息却似有若无。待到端午节清晨，母亲照例会割取几枝，用红线细细扎成小束，悬挂于街门及屋门门框，用来辟邪。左邻右舍也会随意割取，不需要打招呼，母亲更乐于赠送。待自己从自家老宅走向田野，发现隐于荒草瘠土上生长的野艾，叶片狭长，覆盖的白绒更为茂密，枝干细矮，但香气更浓。艾草，百草中的君子，气度不凡，如道者而立，具遗世之风！

前面还说到了栀子花。我知道栀子花是工作以后的事情。办公室文书爱花，也是莳花高手。他饲养的每一种植物都旺盛繁茂，叶片暗绿，泛着幽幽的光泽，感觉那份绿意能透过观者的目光，印在脑海里。

栀子花常见于南方，移居北方便珍贵起来。那日文书的脸色弥漫着喜悦，告诉我栀子快开花了。我跟随他手指的方向，一朵纺锤形的花蕾，呈螺旋状拧开了花嘴，一丝白色的花瓣隐现。文书说，这朵花今晚就能开。此时，文书本不大的两只眼睛也睁得很大。

第二日去办公室，文书早已在，办公室里有一股浓烈的香气，不是茉莉的清香，也不是月季的浓香，我第一次闻到那种香气。感觉那种香气紧紧包裹了我，从皮肤的每一个毛孔向身体里渗透。

文书笑蔼蔼地问我："香吧？"

"香！栀子花开了？"

"开了！"

是的，栀子花开了，一朵足矣。蓬丛的枝叶间，那朵栀子花突兀出来，花瓣复层，白得纯粹。

后来，我也养过一些栀子花，将其放于案头，不为悦目，单是喜那份清雅不俗的香。可我总不能养活它们，现在算来，在我手里被养死的栀子花已不下十余棵了。

羊肉汤

羊是温顺的，无欲无求，有口草吃足以活命。羊不知道生而为羊与生而为人有什么不同，它只知道低头吃草便已知足，如果草鲜嫩一点，会发出咩咩的叫声，吸引其他的羊与它一起分享这饱含汁液的美味。

第一次喝羊肉汤是在一个冬日。

那年冬天十分寒冷，时间的跨度足够长，算来已经是三十年前的冬日了。那天下午因为忙于卸货，延迟了下班时间。单位领导说，咱们去喝羊肉汤吧。那时的小镇，还是村落的样子，只是一条大街，在街东头有一家新开的羊肉汤馆。

傍晚时候，雪落下来，没有风，雪势颇大，纷纷扬扬，瞬时街巷皆白。大街地面尚未硬化，土路冻得硬邦邦的，脚踩上去，刚落的雪被围出一个模糊的脚印。

羊肉汤馆守着一个丁字路口，门朝东北方向。记得门上有一个白色的棉门帘，羊肉汤馆大门的上方是檐头，一盏白炽灯散发着昏黄的光，把苍白的落雪映衬得清清楚楚。

掀开白色的棉门帘，一股浓重的羊膻气息裹挟着热气冲了出来。不知道是羊肉汤的诱惑，还是屋里温暖的气息的召唤，同事们都匆忙鱼贯而入，我却在门前犹疑了半晌，才硬着头皮走了进去。

屋子的中间位置生了一个大号的煤炉，火势正旺，炉壁烧得通红，房屋简陋但宽敞，围绕着火炉随意放了几张桌子，每张桌子周围散乱地摆着几个条凳，我们是唯一的一拨客人。我们人多，拼了两张桌子，也没有分主客位，大家都随意落座。我选了可以看到窗外的位置，坐下的时候看了一眼窗外，雪花扑窗，玻璃上也积了落雪，看得出雪势正大。

羊肉汤上来，一个大号的搪瓷盆，盆沿深红，盆外喷涂了红双喜和喜鹊登枝的图案，红白相间。

一桌的食客，或许只有我对汤盆观察得这么细致。他们的注意力都在盆里的羊肉汤上。汤色奶白，刚出锅的羊肉汤热气袅袅，迅速飘到食客们的颜面，鼻子冲锋在前，然后是眼睛，嘴巴已经迫不及待。我却极厌恶这浓膻的气味，有一刻我刻意压制住了呼吸。

汤面是绿色的芹菜，有突兀出来的羊肉、羊血，还有叫不出名字的属于羊身体一部分的器官。因太过于零碎，想到血腥，想到羊的生命就此消失，我一直未动筷子。同事们自己动手，汤勺晃动，每人添了一碗。白酒开了多瓶，添了多轮。我还记得清楚，酒是当地产的莱州泉，浅绿色的玻璃瓶子，一斤装。那晚我也喝了平生的第一回酒。多吗？不知道。醉了吗？没有。

屋里的热气渐盛，头顶的灯光更加昏黄，厨师过来稍坐，是一个矮胖的中年男人，之前听闻厨师在当地颇有名气，做得一手好羊肉汤。同事站起身拿起汤勺再添一轮，到我面前，我伸手阻止了。

习惯是可以改变的。自那次后，我出入过许多饭店，本地的，外地的，喝过许多风味不同的羊肉汤。本地的羊肉汤我也能分出城南、城北风味。

我居于城南，城南的羊肉汤店喜欢放芹菜，外加一种叫作“虾油”的调味料，虾油与羊肉汤最是相配，会提升羊肉汤的鲜味，搭配一种烤制的面食——火烧吃；城北羊肉汤店喜欢放葱花，加醋，搭配吃的是一种油炸的面鱼，是一种类似于油条的面食，但比油条宽、扁。

有必要说一下虾油是如何来的。

父亲健在时，早年做过很长时间的海产品生意。

自幼跟随家父出去验收过货物，其中就有腌制的虾酱。海里捕的小虾，有许多种，最好的是一种当地人叫作蜢子虾的，其次是蛆虾，也有晒制虾皮的那种小虾。

将小虾放到一个水泥浇制的大池子里，大池子一多半在地平面以下，再根据比例放不同数量的粗盐，然后用稻草编织的盖帘罩起来。在腌制虾酱的过程中，会有汤液渗透出来，这是小虾的肉与虾皮分离的产物，这就是虾油。分离出来的虾油呈深褐色，经过几年的发酵，虾油会泛出浓厚的香味，可以用虾油再去腌制各种海产品。比如，各种蟹、各种虾，是不可多得的美味。

因为那次是第一次喝羊肉汤，所以给我的记忆足够深。那个小镇我待了近二十年才离开。那日上班路过一条街，这条街只是偶尔路过，竟发现一条街上紧挨着开了多家羊肉汤馆。门头招牌照例都是以我待了近二十年的那个小镇为名。有的羊肉汤馆门外挂着一只整羊，皮毛已经剥离干净，露出羊鲜红的肌肉纹理，孤零零地悬吊在那里，任行人的目光对它的身体再次审视。我极快地看了一眼，目光迅速地转向别处，心里想着这家的羊肉汤会是什么风味。